COLLECTION SÉRIE NOIRE

Créée par Marcel Duhamel

CLÉMENT MILIAN

PLANÈTE VIDE

GALLIMARD

Patrice Gbemba, dit Papa, était né sur Terre, mais il s'y sentait étranger. Au ciel bleu pollué de la ville, il préférait les étoiles. Aux voitures, il préférait les fusées. Aux hommes enfin, qu'il appelait les autres, il préférait les bêtes.

Depuis tout enfant, timide, il avait souffert des groupes. Il en avait tant souffert, même, qu'il se sentait maudit.

Papa ne croyait pourtant pas aux malédictions. Il ne croyait pas au destin.

Il ne pouvait se douter qu'un jour prochain, il tuerait.

La veille de la rentrée, il avait reçu un grand livre qui pesait lourd et comptait mille photos d'étoiles. La mère de Papa venait de perdre son travail. Ils avaient dû changer de vie.

À l'annonce de leur déménagement, il rêva d'un monde nouveau, découvrit des rues sales et des immeubles ternes. De la déception de son fils, la mère de Papa s'était sentie responsable. Elle lui avait offert le beau livre en espérant se racheter. Regardant les images, il avait rêvé d'autant plus.

Le premier jour d'école finit d'enterrer ses espoirs.

Devant un arrêt de Plexiglas à demi fissuré, un bus énorme s'était arrêté. Papa, qui était petit, avait levé les yeux vers la bête. Les portes s'étaient refermées sur lui en glissant.

Un appel d'air suivit, puis un bruit de moteur.

Mille adolescents étaient entassés devant la grande porte de l'école. Son sac sur le dos, il avait attendu en silence. Certains groupes étaient déjà formés, quand lui était perdu dans la foule.

Le portail s'était ouvert. Les mille adolescents étaient entrés en un seul tube.

L'école était comme toutes les écoles, un tas de béton. La horde, guidée par des panneaux qui indiquaient les classes, disparaissait dans des couloirs. Les murs étaient de brique apparente, le bâtiment central peint de jaune, il était gris, tout plat sous les nuages.

Perdu dans la mêlée, Papa restait planté là. Les gros verres de ses lunettes lui faisaient des yeux de poisson. Il était petit. Son sac paraissait si grand par rapport à sa taille qu'il aurait pu y disparaître en entier.

Un grand professeur maigre demanda à chacun de se présenter. Papa dit balbutiant sa passion pour les étoiles et le dessin. Il avait pris soin de bien choisir ses mots en regardant la table. Il ne voulait pas sembler ridicule.

Derrière, il entendait déjà les premiers rires.

À la sortie du cours, un groupe l'avait poussé.

« C'est le pédé des étoiles. »

Trois garçons plus une fille le fixaient.

« C'est quoi ton vrai nom ?

— Papa.

— Ah ouais, et t'es le fils de qui ? »

Papa les regardait en tremblant.

« Baisse les yeux, t'es pas beau. »

Il avait baissé les yeux.

« Ouais, baisse la tête.

— Bouffon.

— Pédé.

— Fils de pute », avait conclu la fille, laissant Papa honteux, le visage tourné vers le sol.

Le soir, sa maman l'attendait.

« Tu t'es fait des amis ? »

Comme il avait trop vu sa mère pleurer, il se sentait obligé de mentir. Il affirma de la tête.

« J'ai besoin que tu sois heureux. »

Lui mâchait sa viande en silence.

« Tu m'écoutes ? Tu t'es fait des amis ?

— Oui, oui. »

Il détestait les mensonges.

« Papa ? »

Il la regarda dans les yeux. Elle avait la main posée sur des poireaux en découpe.

« Es-tu heureux ? »

Un ange avait passé. La vérité la tuerait.

« Oui. »

Elle avait souri, rassurée. Papa mangeait en silence. Il se sentait coupable d'aller mal. Il se promettait de faire le mieux possible. Il se battrait pour elle, pour qu'elle aille bien, pour qu'il aille mieux.

Dans son lit, éteignant la lumière, il pleura en se mordant les lèvres.

Les désirs des adolescents sont des désirs simples. Ils rêvent de jouissance. Si tant est qu'ils s'intègrent, ils s'épanouissent.

Certains, mal informés, comprennent les règles à moitié. Ceux-là ne sont pas les bienvenus dans les jeux.

Papa n'avait jamais saisi le moindre code. Il riait toujours au mauvais moment. Il ratait ses phrases quand il voulait bien faire, se tenait mal, n'adoptait pas les bonnes poses.

Il ne portait pas de vêtements de marque.

Dès le premier jour de la rentrée, les autres l'avaient puni pour cela. À mesure, les insultes s'étaient multipliées. Chaque semaine qui passait était pire. Papa ne connaissait pas le repos. Harcelé sans cesse, il commença de raser les murs.

On le poussait. On lui crachait dessus.

Les bancs de la cour étaient tous réservés. Pour obtenir le droit de s'y asseoir, il fallait des alliés.

Papa ne connaissait personne.

Il avait tenté de s'asseoir malgré tout. Un nouveau groupe l'avait chassé. À cause de ses grands yeux gonflés par les verres de ses lunettes, il inspirait le mépris.

Les insultes des autres évoluaient.

Il devenait la Bigle, Voit-Mal ou bien l'Aveugle, puis la Pleureuse ou la Baiseuse et pire encore. Tous les jours c'était : « Arrête de lire, de bouger, baisse les yeux », quand il baissait les yeux « Baisse la tête », enfin quand il voulait parler « Ferme ta bouche ».

Docile, Papa baissait la tête et faisait le silence.

Seul dans sa chambre, il inventait des ripostes,

en classe et sur le chemin du retour, avant de s'endormir aussi. Il trouvait de furieux arguments.

Hélas, face à l'ennemi les mots gelaient.

À fuir les autres, il avait découvert un endroit qui leur était inconnu, derrière un grand hall, entre un grillage et quelques buissons. Il commença de s'y rendre tous les jours, prenant bien soin de ne pas être suivi. Là, il pouvait lire et dessiner sans crainte. Malgré ses vieux crayons et le papier à dessin de mauvaise qualité, son imagination galopait.

Il s'échappait de la sorte.

Au calme, dans sa cachette, Papa feuilletait les pages du beau livre. Il l'emmenait toujours avec lui, imitait les photos de stations orbitales, les reproduisait au crayon sur le brouillon de ses cours.

Le livre était très grand. Il était lourd aussi. Sa couverture était épaisse et il dépassait de son sac.

Papa se perdait pendant des heures dans la contemplation de ses images. Elles lui parlaient tant et elles étaient si nombreuses qu'il n'avait pris la peine de lire les textes. Il se suffisait des photographies, tentait de les fixer en lui, les dessinait de mémoire. Quand il avait fini, il emballait le livre dans un sac en plastique.

À trop s'isoler, Papa se transformait en taupe. Sa petite vie ratée était au centre de l'univers. La télévision parlait de guerres qui faisaient rage, quand lui ne voyait que son drame ridicule qui n'intéressait personne.

Tous les soirs, devant sa mère, Patrice mimait le bonheur avec un faux sourire qui cachait de lourds sanglots.

À onze ans, il était devenu un esclave.

Il était l'enfant le plus triste de toute la Terre.

Le drame accéléra.

Les coups devenaient plus violents. Quand il parlait, il déclenchait les rires. Dans les couloirs, des élèves qu'il n'avait jamais vus le poussaient.

Les mois passaient. Son malheur était à la mode. Il avait fini par croire les autres, qui le rabaissaient tant qu'il se tassait à la fin.

« T'es rien du tout, larve, pourri, cache ton visage. »

Papa baissait la tête.

Il espérait qu'obéissant, ils finiraient par l'oublier.

En cours au moins, il apprenait.

Il se disait, quelles choses étranges que les tempêtes. L'eau monte au ciel, elle se condense en masses. Les masses grondent, elles se tassent, puis la tension aidant le ciel explose. Se déversent sur les villes des pluies torrentielles, aidées par le vent, qui nettoient les ordures, illustrent les colères.

Papa apprit le sens du mot métaphore. Ces jours-ci, le ciel était sec, mais il pleuvait dans sa vie. Les tonnerres grondaient. Les autres voulaient le détruire sans raison. En cours, entre eux, ils murmuraient dans son dos. Un complot s'organisait.

L'eau frappait la fenêtre.

Papa rêvait d'une grêle puissante. Sous le poids de celle-ci, les murs de l'école tombaient. Ses ennemis finissaient broyés sous les pierres.

Quand il rouvrait les yeux, ils étaient bien vivants.

Ils ne l'oubliaient pas.

Il entendait les autres parler. Comme chacun, Papa avait fini par savoir qui comptait vraiment dans l'école.

Camille était la plus belle. Elle avait les yeux bleus, regardait les garçons de son âge avec mépris.

Eyob avait quatorze ans. Il avait redoublé deux fois. Son grand frère était le Caïd. Les rumeurs les plus folles couraient sur ses actes.

Camille admirait Eyob. Elle voulait être la femme du frère de cet homme illustre. Pour les adolescents de l'école, le monde se résumait à ces deux princes. Ils régnaient sur ce territoire. Enfants, ils se rêvaient adultes, jouaient aux jeux des plus grands, détruire et conquérir.

Eyob était le roi : il lui fallait donc un bouffon.

Avant déjà, l'humiliation était dure. Papa

21

connaissait la peur tous les jours. Eyob lui apprit la terreur. Son frère entraînait des chiens de combat. La bave coulait le long de leurs dents dans l'imagination de Papa.

Lui craignait les vraies blessures, se voyait handicapé pour toujours.

Noël approchait.

Sa mère lui demanda de faire une liste de cadeaux. Papa rêvait de crayons neufs pour faire de beaux dessins. Il rêvait de papier parchemin. Il pensait à la trêve des vacances. Pendant deux semaines au moins, il serait protégé.

Il ne savait pas que le pire arrivait.

Approchait le jour du meurtre.

Pour Papa, il devenait plus difficile de cacher les coups. Quand il rentrait, il tournait la tête, évitait le regard de sa mère. Toujours plus fatiguée par son travail quotidien, elle n'avait pas la force de lever les yeux.

Chaque jour, Eyob et ses laquais l'attendaient sur le chemin du retour. Ils lui volaient ses lunettes, son argent, le poussaient, l'insultaient de tous les noms possibles.

Les professeurs ne voyaient rien. Papa, l'oublié, valait moins qu'une chaise.

La cachette où il se rendait chaque jour pour lire et dessiner avait été découverte par deux des soldats d'Eyob, qui leur avait commandé de le suivre. Il passait son temps à courir. Les autres déchiraient ses dessins. Deux jours durant, Papa s'était concentré sur un grand vaisseau dont il était très fier. Il y avait usé deux crayons. Eyob lui-même l'avait réduit en miettes.

Ils jetaient son livre au sol. Papa s'y agrippait les larmes aux yeux pour mieux le protéger. Il préférait les coups plutôt que voir le cadeau de sa mère abîmé par sa faute.

Leur jeu préféré consistait à voler le beau livre. Il tentait en vain de s'y accrocher, les coups le forçaient à lâcher. Il le retrouvait abîmé dans les couloirs, au fond d'une poubelle.

Papa continuait de l'emporter. Sans lui, il avait peur de disparaître.

Après deux mois, Eyob se lassa de la course.

Un matin, il envoya ses deux laquais passer un message.

« Eyob il a dit, on va te briser les dents. »

Papa tremblait tant qu'il sentait son corps flotter. La terreur lui procurait des états seconds.

Le soir, il tenta de se concentrer sur ses devoirs.

« Travailler pour quoi faire ? il se disait. Ils vont détruire mon visage. »

Ils l'attendaient sur le chemin du retour, entre deux ponts noirs, un tunnel et quelques terrains vagues.

Décembre : il faisait nuit.

Les lampadaires de la rue étaient tous éteints. Eyob était accompagné de ses deux servants. Ils avaient surgi du noir comme trois silhouettes, puis l'avaient acculé contre un mur.

« Tu croyais que Noël allait te sauver ? Le petit Jésus-Christ ? »

Papa tremblait pour trois personnes.

« Ouvre la bouche. »

Il obéit.

Ils avaient regardé ses dents, les avaient touchées de leurs doigts.

« Les belles dents blanches de Voit-Mal.

— Dis adieu à ton sourire, petit trou du cul. »

Papa avait fermé les yeux et attendu la violence.

Une seconde avait passé. Réalisant qu'il n'était pas encore mort, il eut comme un sursaut.

Dans un élan désespéré, il poussa Eyob qui en arrière trébucha, chavirant tout surpris alors qu'une voiture apparut dans son dos. Le petit frère du Caïd heurta de plein fouet le pare-brise, jambes contre pare-chocs, coude contre capot, enfin tête contre vitre. Il y eut un bruit de freins comme un hurlement en même temps que le passage d'un train, puis le premier rebond du corps. Après un nouveau heurt, Eyob s'en alla rouler sur le goudron plus loin, où il resta immobile.

La voiture était stoppée au centre de la rue.

Derrière le pare-brise en miettes, le conducteur était invisible. Il ne donnait signe de vie. Les deux valets sidérés se tournaient en direction de Papa qui était déjà loin.

Il courait avec son sac cognant contre son dos, déviant du passage habituel en direction des terrains vagues. Il ne pouvait fuir chez sa mère. Bientôt il aurait à ses trousses le grand frère, le Caïd, et ses chiens de combat. Il ne voulait pas déchaîner l'Enfer contre elle.

Papa ne pensait plus. Il courait simplement avec son cœur qui battait à tout rompre. Il n'arrivait pas à respirer sinon par à-coups. Il était un corps pur, un qui se meut tout droit, une masse lancée vers l'infini et que la peur avait transformée en flamme.

Tout était perdu.

Il venait de tuer le frère de l'homme le plus dangereux du monde.

Il ne savait pas depuis combien de temps il courait.

Il avait mal aux poumons. L'intérieur de son corps poussait en lui comme pour sortir de force par sa peau et sa bouche. Il haletait. La lourdeur de la gravité le tirait vers le sol.

Au loin, entre deux terrains vagues, Papa découvrait des bâtiments abandonnés de plusieurs étages. Leurs ruines, grises, n'étaient pas décorées pour Noël.

Le sac alourdi par le livre, Papa fonçait en avant mais se sentait tiré en arrière. Il n'avait jamais forcé à ce point. Son corps était un poids qu'il traînait hors de lui avec peine.

Son sac lui sciait les épaules.

Il avait des flashes de l'accident. Ses pieds heurtaient les roches des chantiers traversés. Des barres en métal tordues dépassaient de mono-lithes à demi enfoncés dans la boue.

Il enjambait des barbelés, glissait sur le sol.

Après une heure, il reprit son souffle à grands coups comme s'il tentait de rattraper son corps dans ses mains. Il allait chercher de l'air, le faisait rentrer puis ressortir en de gros râles.

Ses genoux s'enfonçaient dans le gravier. Son pantalon devenait noir.

Il fouillait les étoiles dans le ciel. Des nuages de pollution rose les cachaient. Papa se sentait prisonnier de la Terre, qui l'étouffait entre des murs, le sol et l'air trop épais.

Ses lunettes étaient sales.

D'un geste simple, il avait tué.

Le corps d'Eyob était retombé au sol et n'avait plus bougé.

Papa n'avait pas voulu cela. Il pensait qu'il n'avait pas voulu tuer. Sa mère lui avait bien appris que de blesser les autres était un péché. Il se sentait coupable. Pourtant, Eyob l'avait menacé. Il avait promis de lui briser les dents et méritait de mourir.

Dans sa tête, Papa remontait jusqu'au premier jour de la rentrée, repensait l'escalade de violence, cherchait une logique à cette absurdité. Hélas, il avait beau fouiller loin, il revenait toujours au simple corps brisé qu'il avait poussé de ses mains. La mémoire du cadavre tuait toutes les réponses possibles. Papa avait beau s'inventer des excuses, il avait fait le Mal.

Tassé contre un mur à demi écroulé, accroupi,

en larmes, il n'osait poser ses fesses sur le sol humide, de peur de tacher son pantalon.

Sa gorge le brûlait. Ses poumons le brûlaient.

Dans son sac, le beau livre était toujours emballé. Papa voulut le voir pour se rassurer.

Il pleuvait depuis plusieurs heures et les dessins qu'il avait emportés avec lui n'étaient pas protégés. En les sortant, il les trempait davantage. Certaines feuilles collaient. Il avait de la peine, imaginait que ces feuilles étaient des petits êtres en souffrance.

Il se disait en boucle : « J'ai essayé de bien faire. Je n'ai pas voulu tuer. »

Il ferma les yeux.

Il voyait la mort à la place de tout.

La course avait vidé toute sa sueur. Depuis qu'il s'était arrêté de courir, elle gelait. Décembre lui griffait la peau.

Papa pensait à sa mère, seule dans sa cuisine avec son triste sapin.

Il avait froid. Son corps l'oppressait.

Il reprit son souffle.

Une lumière l'attira, qui faisait une tache blanche au bout du terrain vague. Il marcha dans sa direction.

À mesure, la lumière devenait plus forte.

Éclairé par elle à demi, un centre commercial apparut. Des guirlandes de couleur, éteintes, pendaient des bâtiments. Sur le parking, un lampadaire penchait.

Papa s'assit à son pied pour profiter du faux jour. En plein sous la lumière qui faisait comme un petit soleil et le rendait tout jaune, il pensa aux chiens du Caïd.

Comme il avait peur d'être vu, il partit se cacher derrière une poubelle en fer qui faisait la taille d'un petit camion. Là, il resta sans bouger. Les bras serrés autour de son sac, Papa ferma les yeux.

Il se concentrait sur ailleurs, pensait à ses professeurs qui parlaient de volcans, d'atomes et de guerres des tranchées. Tandis qu'ils faisaient cours, lui plongeait dans ses croquis d'étoiles.

Papa trouvait là une transe.

Plié en fœtus, il pensa au grand dessin qu'Eyob avait déchiré sous ses yeux.

Un aboiement soudain. Il trembla.

Les yeux fermés, il entrevit les crocs des chiens pleins de bave.

Il se tassa contre la poubelle noire.

« Hey, Pourrave ! Reviens ! »

Un gros chien s'approchait de Papa sans le quitter du regard. Ses maîtres l'appelaient en criant.

L'animal et l'enfant ne respiraient plus. Dans le noir, le chien semblait massif. Papa ne voyait pas son pelage usé qui tournait au gris blanc, ses yeux fatigués, sa queue sale.

« Pourrave ! »

La bête le regarda une dernière fois avant de s'enfuir.

« Oh, alors ? »

Il entendait gémir Pourrave, qui recevait des coups violents.

Un grand fracas sur le toit en taule du centre commercial le fit sursauter.

« Raté, merde ! »

Papa comptait deux voix d'hommes en plus de Pourrave.

34

« Vas-y, toi. »

Un caillou tomba à ses pieds.

« Merde, merde ! »

Encore un fracas sur la taule. Les jets de pierres pleuvaient.

« Regarde-moi bien. La lumière, je la tue. »

Les deux riaient. Le chien aboyait toujours.

« Ta gueule !

— Ta gueule, putain ! Pourrave, oh ! »

Le silence à nouveau. Un autre fracas, cette fois de verre brisé. L'ampoule du lampadaire venait d'exploser.

« Ah, ça y est ! Putain, ça y est ! »

Avec l'ampoule, la lumière disparut dans le noir, et Papa avec elle.

« Je t'avais dit. Je la baise, moi, la lumière, je la baise ! »

Des bruits de pas sur le gravier. Les deux maîtres s'éloignaient, tout gonflés de leur victoire absurde. Quant à leur chien, rouillé, il continuait d'aboyer en courant derrière eux.

« Il fait tout noir, dit l'un d'eux à cent mètres de Papa.

— Ouais, répondit l'autre. On a gagné. On a gagné. »

Même le vent ne faisait pas de bruit.

Papa avait le sentiment d'être le dernier homme sur Terre.

Les casseurs de lampes, qui jetaient des cailloux sur les toits, étaient partis loin. Il avait eu peur d'eux et de leur chien, mais de se retrouver seul, il regrettait leur présence.

Trois voitures étaient garées sur le parking, séparées entre elles de quelques dizaines de mètres. À cause du lampadaire cassé, il ne distinguait que leurs silhouettes.

Plus loin, il trouva d'autres parkings, des magasins de vêtements, de bricolage. Une devanture exposait des robes de mariée éclairées dans la nuit pour personne. La mère de Papa avait sans doute un jour porté l'une de ces robes. Il imaginait sa tête à elle au sommet du tissu.

Perdu dans cette pensée, il s'arrêta de marcher

sans même s'en rendre compte. Il restait planté là, à quelques mètres d'un poteau.

Ses muscles tiraient, ses jambes étaient faibles.

Il reniflait.

Le froid le poussa à repartir.

Il traversa d'autres terrains vagues, des chantiers. La boue, qui avait séché en partie, retrouvait la consistance des sols durs. Partout, Papa voyait des formes brutes, enfoncées dans la terre, des brouillons de ville.

Le vent s'engouffrait dans les structures inachevées.

Un bâtiment lui faisait face.

Papa voulait s'y effondrer, dormir. Il y entra par un grand porche.

À l'intérieur de la ruine, le vent hurlait à travers les armatures sans porte et les couloirs sans vitre. Des bâches plastique claquaient dans le cœur noir de grandes salles au plafond invisible. Les lumières de la ville n'entraient pas dans le lieu. Chaque bruit résonnait à l'infini. Ses pas pourtant discrets, les bâches agitées, tout se répercutait. Il frissonnait, tremblait, agrippait son corps de ses mains et de ses bras pour se réchauffer.

Papa levait la tête mais il ne voyait rien. L'endroit ressemblait à un gouffre.

Il chuchota.

« Il y a quelqu'un ? »

La phrase mourut dans sa bouche.

Il détacha le tissu noir d'une palette à tâtons, en recouvrit son corps fatigué, puis glissa ses lunettes dans la poche de sa veste.

Il repensait à sa mère et à la méchanceté des autres.

Il essuya quelques larmes, tomba de sommeil. À peine endormi, il eut un flash d'étoile.

Un nouveau cri de chien l'arracha de ce quart de rêve.

Sa main semblait bouger d'elle-même. Les aboiements reprenaient.

Un géant était à l'approche, accompagné d'un animal noir. Il portait un costume de gardien et braquait une lampe torche. Papa, aveuglé, se protégeait les yeux de ses mains.

« Qui va là ? C'est une propriété privée, ici, dégage ! Allez ! »

Papa ne bougeait pas. Il agrippa ses lunettes et les mit sur son nez. Le gardien découvrait son visage, surpris de voir un enfant. Papa sentait ses pieds geler, enfoncés dans une flaque.

« T'as plus de maison ? Tu t'es enfui ? Alors, quoi ? Ton père il te cogne ? »

Le gardien restait immobile. Son chien refusait de quitter Papa du regard.

« Enfin bon, t'as rien à faire ici, tire-toi. »

Trop agité, trop nerveux, Papa s'enfuit en

oubliant son sac. Il passa devant le gardien et son chien puis se figea.

« Quoi ? dit l'autre.

— J'ai oublié mes affaires.

— Bah t'attends quoi, retourne-z-y. »

Papa se glissa entre deux planches. Il s'empara de son sac qui, humide, lui glissa des mains. Il le ramassa sur le sol avant de s'éloigner penaud, tête baissée.

« Tu vas où, comme ça ? »

Papa montrait la sortie.

« Par là, y a rien », dit le géant.

Papa le regardait avec des yeux de bébé.

« Allez, va-t'en maintenant, pscht' ! Disparais. »

Il faisait toujours nuit.

Papa voyait des rues, des voitures et des lampadaires cassés. Il voyait le béton, le sol, les tracés sur le sol, le sale, les mégots et la poussière.

Il n'avait pas mangé depuis mille ans. Ses yeux se fermaient. Ses paupières étaient lourdes. Des enclumes pesaient sur elles et sur ses jambes.

Chaque effort lui coûtait.

Papa se mit à fixer le goudron du trottoir. Il eut comme un vertige avant de fermer les yeux.

Enfin, il releva la tête.

Le soleil se levait.

La nuit passée était déjà presque un souvenir. Au bout de la fatigue, les nerfs en partie relâchés, il se sentait léviter.

Loin des terrains vagues et des ruines, les grands ensembles se multipliaient. Les petites rues convergeaient vers des grandes. Au loin, des tours de verre, des panneaux de publicité, le bruit de mille engins. Un voile brumeux.

Le périphérique semblait un trou noir.

Des hordes de voitures y fonçaient en cercle dans deux directions opposées, crachant des fumées depuis un trou taillé à même le sol, limité par des ponts et des murs de béton.

Au-delà de ces murs, il pouvait voir la ville.

Elle s'étendait dans toutes les directions.

Entre la ville et lui, dans un creux, les engins fous piétinaient en plein brouillard. L'embouteillage était monstre.

Papa cherchait à franchir la barrière de pneus et de béton. Il longeait la marée de voitures en direction d'un pont lointain. L'odeur âcre et le bruit l'agressaient. Les yeux tournés vers la route, il imaginait des compositions de roches, de glaces et de métaux, un air pur.

Il cherchait cet air pur.

La ville, à l'horizon, était le soleil. Le périphérique, une zone attaquée par des forces.

Papa n'en pouvait plus de trembler. Il se concentrait sur le manège. Un champ d'astéroïdes entourait la cité d'un grand rempart mobile, que les pilotes héroïques de barges stellaires tentaient de contourner. Les hallucinations forçaient son stress au repos.

Il devait être 8 heures. Un début de chaleur se répandait sur son visage.

Pour marcher, il s'agrippait à la structure du pont en direction de la ville. Il avait mal aux épaules à force de traîner son sac et le gros livre avec.

La circulation reprit. Les engins redémarraient en files.

Papa était rendu au bout du pont.

Il reprit son souffle et regarda la bête. Passé sa longue fuite d'une nuit entière, épuisé, il laissait errer son regard sur une barrière d'immeubles hauts traversés par des couloirs de bus.

Il cligna des yeux, marcha vers elle.

Enfin, il entra dans Paris.

Papa venait de pénétrer le système-ville.

Il tentait de protéger ses mains qui avaient gelé dans la nuit en remontant les manches de son pull. Elles étaient encore mouillées.

Il avait froid.

Il laissait derrière lui l'école, la boue, les terrains vagues. La tête tournée en direction des grandes avenues, un court instant, il eut un bel espoir.

Dans Paris, Papa avait pensé trouver les monuments, les beaux jardins, des femmes très belles et partout des musées. Comme tous les autres, il s'était dit qu'un jour il visiterait la grande ville.

À peine entré, il découvrait des tours sombres. Chaque rue était pire. Les immeubles ressemblaient à tous les immeubles. Des bureaux de tabac cachaient des hommes aux cheveux gris et des Chinois derrière le comptoir. Partout des banques. Leur devanture ne brillait pas. Des jeunes à capuche, sbires potentiels du Caïd, le regardaient passer.

Papa avait l'impression d'être dans la banlieue de sa ville à lui, qui était déjà la banlieue. Une armée de piétons marchait en tous sens, les yeux baissés. Les trottoirs étaient sales et l'air vicié. Le stress lui revenait en force.

Il en oublia de faire attention.

Un camion de plusieurs tonnes, cent fois plus grand que lui, faillit l'écraser.

Son cœur battait trop vite. Le chauffeur cria, puis disparut.

Secoué, Papa se posa sur un banc. Il mordillait sa manche en tremblant, aspira l'humidité de celle-ci pour y boire un peu d'eau. Son genou était agité.

Une vitrine face à lui, propre du matin, cachait des confiseries, des baguettes chaudes à peine sorties du four.

Papa fouilla sa poche, sortit trois pièces et des centimes, les regarda longtemps. Il faisait des calculs. Vu ce qu'il lui restait, il valait mieux manger gros.

Plus loin, il trouva un restaurant de kebab.

Il se mit à rêver de viande. La faim le détournait de sa déception de Paris.

L'homme aux cheveux crépus de derrière le comptoir portait une chemise jaune.

Il préparait des sandwichs.

Papa regardait les prix. Pour cinq euros, il pouvait faire le plein de nourriture.

Crépu se tourna vers lui.

« T'es pas à l'école ? »

Papa le regardait les yeux grands ouverts.

Quelqu'un lui parlait, c'était presque un miracle. Seulement le type ne pourrait le croire et Papa ne voulait pas mentir. Il en avait assez du langage et des mots qui font toujours des malentendus. Il voulait mâcher sa viande et ne plus penser.

Il commanda un sandwich sans rien dire d'autre.

Le regard perdu dans le vide, Papa mangeait cul au sol devant la vitrine.

« Tu peux manger dedans, tu sais, tu paieras pas plus cher. »

Crépu lui faisait face.

Papa le remercia avant d'en rester là. Le béton lui faisait mal aux fesses, mais il n'aimait pas l'odeur du graillon à l'intérieur du restaurant.

Il avait mangé trop vite. Des morceaux de viande restaient coincés dans sa gorge. Il manqua d'étouffer en marchant, à attendre que les morceaux coincés redescendent.

Papa n'avait plus faim désormais, il avait soif.

Après un quart d'heure, il trouva une fontaine d'eau potable.

Le pire était passé. Grâce à la nourriture, aussi, il avait un peu moins froid. La ville en paraissait moins grise.

Il se grattait le cou.

Papa n'avait presque plus d'argent. Il se voyait sur le trottoir à tendre la main pour faire pitié aux passants. L'idée l'horrifiait. Il le sentait bien quand il marchait avec sa mère et qu'ils passaient devant des mendiants.

Elle avait honte pour eux.

Le ventre réparé, il joua au touriste et s'arrêta pour regarder les bâtiments de pierre. Ceux qui le talonnaient lui rentraient alors dedans. Il découvrait que les gens de Paris ne regardent pas le ciel, mais le sol.

Papa était toujours sale de la nuit. La fatigue avait passé et il ne gelait plus.

À mesure qu'il marchait, les gens changeaient de visages. Les clochards étaient moins nombreux. Les femmes portaient plus de tailleurs que de boubous. Le cœur de Paris était le vrai soleil, la direction à suivre. Passé les alentours du périph, Papa croyait enfin se rapprocher du mythe.

Pour la première fois depuis la veille, il oubliait le danger, la faim. Il rêvait d'étoiles, de vaisseaux.

Une envie le démangea de manière soudaine.

Il chercha une ruelle à l'écart.

La plupart étaient bruyantes, encombrées de voitures. Il s'arrêta près d'une place et se posa sur un banc.

En reniflant, il ouvrit son sac pour sortir ses feuilles et ses crayons.

Papa commença de tracer une ligne erratique, puis une autre plus droite. Il continua ainsi. À chaque trait, il partait plus avant dans son rêve, se trouvait transporté dans une réalité autre qui le rendait immortel.

Armé de ses crayons et penché sur sa feuille, plongé dans le dessin de ses visions imaginaires, il oubliait le monde autour de lui en le redessinant de manière idéale.

Autour d'une planète de gaz, des vaisseaux se trouvaient rassemblés dans le grand ciel. Ceux-là formaient une civilisation en mouvement. Ils étaient garés devant la vapeur des planètes. Les couleurs envahissaient le gris, l'espace devenait un Noël immense, avec des nacelles taillant l'air comme des fusées.

Les habitants des vaisseaux n'avaient pas de nom propre. Ils étaient ceux du futur et restaient cachés des hommes. Ils vivaient à l'autre bout du cosmos et du temps. Leur civilisation était puissante. Chaque jour, ils inventaient des règles nouvelles.

Papa crayonnait vite. Il savait que l'inspiration ne dure pas. Il se dépêchait donc, renforçait les vaisseaux, blindait leurs coques, gonflait leurs ailes de puissants rotors.

Afin de donner une forme propre aux pilotes

des vaisseaux, Papa expérimentait des silhouettes. Sa main se mit à déraper. Des klaxons commençaient à lui taper sur le crâne. La fatigue reprenait. Sa tête allait tombant.

Il n'arrivait pas à faire honneur aux belles formes et préféra déchirer ses esquisses.

Ses pensées n'étaient pas tranquilles.

Le visage impossible des gens du futur se voyait rattrapé par celui des passants glauques. En écho, il entendait les insultes des autres. Il revoyait le corps d'Eyob. Les vaisseaux, les étoiles, se confondaient avec les mégots et les flaques.

Retombé droit du ciel, Papa éternua sur ses feuilles.

Impuissant, il essuya son nez sur ses manches humides.

Après un pont, la ville redescendait.

Des millions d'immeubles se déployaient. Pour la première fois, vraiment, Paris apparaissait en grand sous ses yeux.

Papa n'avait jamais vu tant de choses entassées sur une si longue distance.

Une énorme gare aux grands panneaux de verre englobait tout un pâté.

Dedans, les gens allaient et venaient. Des escalators sortaient du sol, y rentraient. Papa entendait des annonces, des voix radios. Il rêvait d'un voyage vers les pays lointains.

Le départ d'un train pour Londres fut annoncé.

Papa le regarda disparaître.

À la fin ne restaient qu'un point en ligne d'horizon, celui du train disparu, et, vu de l'autre côté, un point humain, Papa en bout de rame.

De tous les gens qui le frôlaient, comme il restait immobile avec son visage d'enfant, aucun ne pouvait se douter qu'il avait tué un homme.

Il méditait.

Papa se demandait ce qu'allait être sa vie, maintenant qu'il avait commis la pire des fautes et qu'il n'avait plus de maison.

« Monsieur. »

L'homme portait une casquette, un costume gris. Il semblait un chef de gare et tenait un talkie dans la main.

« Monsieur. C'est loin, Bruxelles ? »

Le chef approuva. Faisant signe à Papa de se taire, il communiquait des chiffres au travers du talkie.

« Loin comment ? »

Papa voulait monter dans un train, changer de pays. Mais sans argent, et sans parler la langue, ça ne rimait à rien. Il cherchait des conseils.

Le chef coupa son talkie.

« Vous êtes le chef de la gare ? »

L'homme fit non de la tête. Il sourit.

« Vous commandez pas ?

— Au train, oui. Je lui dis quand partir.

— C'est déjà ça. »

Une gêne avait suivi.

Le chef sentait que Papa avait envie de parler. Sauf que dans cette gare, il y en avait par centaines des comme lui, il suffisait de tourner la tête pour les trouver en pagaille.

L'homme devait déjà s'occuper des trains, du personnel. Il n'avait plus de temps pour les croûteux. La société craquait de tous bords, Papa était un petit chose de trop, un surplus. Il fallait bien des sacrifices. Le chef ne comprenait pas ceux qui cherchaient à tout sauver, même le trop abîmé. Papa sentait mauvais, il était maigre et bon pour la casse.

Ainsi résigné, le chef sourit une dernière fois avant de s'éloigner, l'air de vouloir lui souhaiter bon courage en silence.

Plus loin, il croisa un collègue.

Il avait déjà oublié Papa. Il ne repensa plus jamais à lui.

Papa aimait la foule qui ne le voyait pas.

Abandonné par le chef, les jambes lourdes, il n'osait pas quitter les lieux. Les murs de la gare étaient blancs. Ils étaient hauts et propres. Malgré le monde, l'endroit était presque silencieux. Un Père Noël en pause mangeait un sandwich sur un banc.

Papa se trouva un coin qui n'était occupé par personne. Il se mit en boule afin de se réchauffer plus encore.

Contre un mur, il cala sa tête. Ses yeux se fermaient. La morve coulait de son nez.

« Eh ! »

Un petit Noir comme lui, de deux-trois ans de plus, lui faisait face.

Papa crut à une illusion.

« Bonhomme, dit l'autre en lui tendant une main bien réelle.

— Je m'appelle pas Bonhomme.

— Non, pas toi. Bonhomme, c'est comme ça que je m'appelle.

— Ah ouais. Papa.

— Quoi ?

— Papa, c'est mon nom.

— Ah, d'accord. »

Et le gamin d'ajouter : « Papa. Bonhomme. O.K. »

Il riait, mais pas pour se moquer.

« Papa, c'est le diminutif de quoi ?

— De Patrice.

— Bah alors voilà, t'es Patrice, pas Papa. »

Papa renifla.

« Et Bonhomme, c'est le diminutif de quoi ?

— Touché. Bonhomme, c'est le diminutif de rien. »

« Tu fumes ?

— Ouais, évidemment.

— T'es sûr ? »

Papa fit oui de la tête.

« Sûr, sûr ?

— Bah ouais. »

À la première taffe il toussa.

« Je suis malade, c'est tout. »

Les deux garçons étaient assis sur les marches d'un vieil escalier. Il descendait entre la grande gare, qu'ils venaient de quitter, et une autre située plus bas.

Papa cachait ses larmes. Il était fatigué, mais de parler enfin le ramenait à la vie.

« Mouche-toi, c'est pas beau. »

Son rhume empirait. La morve coulait toujours.

« C'est pas ma faute, ça déborde.

— Fais comme ça. » Bonhomme appuyait sur sa narine gauche d'un doigt. « Et hop ! » Il soufflait très fort par le nez pour donner l'exemple en mimant.

Papa n'y pouvait rien. Il essaya, prouvant l'échec de la méthode.

« Ça déborde, à l'intérieur c'est plein aussi, c'est arrivé d'un coup. Ce matin ça allait mais maintenant mon nez il est plein.

— Ouais t'as dormi dehors.

— Comment tu sais ?

— Tu pues la pisse. »

Papa souffla de nouveau en se bouchant une narine. Bonhomme faisait la grimace.

« Arrête je te dis, c'est vilain. Comment tu vas faire si y a une jolie fille qui passe ? Alors…

— Désolé.

— Ouais t'excuse pas, fais quelque chose, c'est tout. Crache ta morve.

— C'est ce que je fais.

— Ouais mais dans l'autre sens, comme j'ai montré. Faut souffler, toi, tu renifles. »

Histoire de bien faire, Papa se concentra pour stopper le flux, seulement d'un coup il éternua. Il venait d'arroser les marches. Paniqué, il regarda autour de lui.

« Y a personne qui t'a vu, t'inquiète. Enfin à

part moi. Mais j'ai profité, parce que t'as bien fait ton crasseux. »

Papa sourit à cause de Bonhomme qui souriait aussi.

« C'est pas grave, hein, moi personnellement je m'en fous. »

Les reniflements commençaient à se calmer. Ça coulait moins maintenant que presque tout était sorti. Il en profita pour tirer sur la cigarette. Il toussa de nouveau, mais se sentait un homme.

« Pourquoi tu pleurais tout à l'heure ?

— Je pleurais pas. »

Bonhomme sourit. Papa essuya ses lunettes et les remit sur son nez.

« Vas-y, tu peux te confier, je suis une bonne oreille. »

Une jolie fille qui portait une jupe courte passa devant eux. Ses talons claquaient sur les marches de pierre. Elle sentait le parfum bon marché.

« Je sais pas si je dois dire.

— Tranquille, hein. Déjà, file un peu la clope. »

Papa l'avait laissée se consumer. Bonhomme fit la grimace.

« Ouais, laisse tomber, finis ton crapaud.

— Sûr ?

— Ouais ouais. J'en ai d'autres. »

Bonhomme sortit une boîte en carton de sa poche. Dedans il y avait une seule cigarette humide et tordue qu'il avait dû plier pour la faire entrer dans la boîte.

« Tu vois ? Je suis prévoyant. »

Papa essayait toujours de faire sortir la morve.

« Arrête je te dis. »

Il insistait.

« Vas-y laisse couler on s'en fout, j'ai l'impression qu'y a rien à faire de toute façon. »

Papa sourit.

« Alors, c'est quoi le problème ?

— Le problème de quoi ?

— De pourquoi tu pleurais ? »

Papa se demandait s'il avait droit d'en parler.

« J'ai poussé quelqu'un.

— Ah ouais ?

— Mais j'ai pas voulu, c'était un accident.

— Comment ça un accident ?

— Il voulait me faire mal. »

Bonhomme se gratta.

« Le mec, c'était qui ?

— Eyob.

— C'est qui, ça, Eyob ?

— Le frère du Caïd. »

Bonhomme fronça les sourcils en triangle inversé.

« Le Caïd ?

— Tu connais pas ?

— Ouais, non, je vois pas. Je connais des caïds, mais pas *le* Caïd.

— Il a des chiens de combat.

— Des chiens de combat ? »

Papa renifla pour dire oui.

« T'es sérieux ? »

Bonhomme le fixait, fouillait à l'intérieur de sa tête pour voir s'il disait vrai. Papa ne trahissait rien.

« D'où tu viens, d'abord ?

— De par là.

— Comment par là ? »

Papa ne savait pas où était par là. Il ne savait plus d'où il venait, il avait trop tourné de rue en rue.

« Par là, plus loin.

— Ouais tu m'enfumes.

Papa renifla.

« Non, c'est vrai. Je viens de par là. »

Bonhomme se crispait, souriait moins. Il se leva finalement.

« T'as pas un balle ? J'ai plus de clopes et tu m'en dois une. »

Tout étonné, Papa ne savait quoi répondre.

« Tu croyais que c'était gratuit ? Bouge pas, je reviens. »

S'éloignant, Bonhomme se mit à détailler son visage.

« Papa, ça te ressemble pas. Je vais t'appeler Lunettes. »

Arrivé en bas des marches, il se tourna de nouveau.

« Oh, Lunettes, tu bouges pas, hein, tu m'attends ? Je suis curieux, pour ton histoire de Caïd. »

Papa regardait son ami bizarre s'éloigner en faisant le plancton sur les marches.

Il se mettait à réfléchir, se demandait ce que l'autre lui voulait vraiment, à faire ami justement, si c'était pour de vrai. Même la cigarette était pas gratuite, alors quoi ?

Peut-être il mentait. Peut-être, il connaissait le Caïd. Sans doute, il était comme les autres.

De loin, Bonhomme continuait de lui faire des saluts réguliers de la main pour vérifier s'il était toujours là.

Les secondes étaient des siècles.

Papa réfléchissait vite.

Il attendit que Bonhomme disparaisse et se leva. Parce que, après tout, Bonhomme allait peut-être chercher des cigarettes, mais il allait peut-être chercher des ennemis. Et Papa ne pouvait pas se permettre d'attendre pour vérifier si c'était bien des clopes que Bonhomme allait lui ramener, ou des tenailles et des coups de marteau sur ses dents.

Papa venait de quitter la zone des gares.

Il méditait.

Avec Bonhomme, il avait espéré un ami, une branche, mais tout portait à la traîtrise.

Il se disait aussi que peut-être il avait exagéré, qu'il l'avait soupçonné de travers. Papa se rongeait la conscience. Il repensait au corps d'Eyob. Quand il fermait les yeux, on le poussait dans les escaliers.

Il avait faim.

Il croisait des enfants qui jouaient, des petits enfants bien habillés avec des bonnets rouges et des gants pour l'hiver. Papa voulait leur parler, mais comment, et comment faire confiance ? Il voyait Bonhomme à leur place. Il voyait Eyob à leur place.

Il avait moins froid, mais d'avoir eu un copain et de l'avoir perdu le rendait plus triste encore.

Il dérivait. Une rue, puis une autre. Il se posa sur un banc. Là, pendant plus de deux heures, à moitié endormi, il regarda passer les voitures et les gens.

Enfin, il se leva, recommença de marcher.

D'autres rues suivaient, des avenues qui montaient, descendaient, et se ressemblaient toutes. Papa comptait dix millions d'immeubles, au jugé.

Il n'aurait jamais pensé que le monde pouvait être si vaste. Ses visions de civilisations futuristes s'en trouvaient décuplées.

Dormir, dormir.

Ses yeux coulaient sur ses joues. Papa avait tant marché qu'il faisait déjà nuit, et Paris devenait menaçant. Il découvrait une ruelle noire.

Un homme nerveux, le corps sec et les joues creuses, fouillait des poubelles. Papa entendit des bottes claquer. Il vit une jeune femme. L'homme agité cria vers elle.

« Eh, t'as du papier ? »

La jeune femme accéléra.

« Petit ! »

Il se figea.

« Eh, petit ! »

L'autre le fixait de loin. Il sautillait. Papa se mit à flipper.

Autour : des murs, des voitures. Il pensait à ses dents, mettait sa main sur sa bouche. Il pensait à ses lunettes. Il avait peur de ne plus pouvoir jamais dessiner, lire ou manger. Il avait peur de l'homme.

« T'as du papier ? »

La voix de Papa sortit de sa gorge comme par accident.

« C'est pour un dessin ? »

Il refusait de lui donner les quelques feuilles blanches qui lui restaient dans son sac. Il avait d'autres dessins en tête, des projets par milliers. Pétrifié, il serra ses affaires contre son ventre.

L'autre attendait toujours.

« Alors ?

— Ouais non, j'ai pas. »

L'homme, dont le visage était à peine visible, haussa les épaules sans plus le regarder et s'éloigna en se parlant à lui-même. Il continuait de sautiller.

« Putain, je vais me chier dessus, je vais me chier dessus, il disait. Mon seul froc, c'est pas possible. »

L'homme scannait la rue en secouant la tête. Ses gestes étaient maladroits. Il avait l'air malade.

Bientôt, il s'arrêta près d'une poubelle remplie de magazines, déchirant leurs pages une à une, excité. L'espoir en lui renaissait. Ses mains étaient pleines de papier. Il allait pouvoir enfin se nettoyer les fesses.

Papa pensait au crasseux qui avait peur de son propre ventre. Il se disait qu'il n'y avait pas assez d'ennemis au-dehors, celui-là devait en plus se battre avec lui-même en dedans.

Après une demi-heure de semi-marche en somnambule, ses pieds brûlaient. Il trouva un terre-plein entouré de rues sur un pont situé au-dessus des rails, avec un autre pont sur le premier. Trois niveaux de transports. Un de trains, un second de voitures, un métro sur le troisième. Rails, moteurs, et rails encore.

Des deux côtés du terre-plein : des rues, des trottoirs, des voitures et des bus.

Au milieu, personne, des cartons mouillés pour les clochards, abandonnés en un tas.

De tout ce qu'il avait vu depuis la traversée de la ceinture, c'était le meilleur lit.

Papa vint s'écraser sur les cartons mouillés.

Sous ses lunettes il se frotta les yeux. Son nez était tout irrité d'avoir trop morvé. Il était rouge et lui faisait mal.

Sa mère lui manquait.

Papa frissonna, retira ses lunettes et les mit dans une poche de son vêtement. Il allongea le bras jusqu'à d'autres cartons pour les ramener vers lui et faire un peu de chaud.

Il trouva le sommeil aussitôt, rêva d'étoiles et de ses dents brisées.

« Debout ! Eh ! Debout ! »

On le tirait, on le traînait, on lui faisait mal.

Papa avait les yeux ouverts, mais il ne voyait rien que le noir et le flou du mouvement. Sa tête était balancée, tapée. Il se protégeait de ses mains, de ses bras, tentait ce qu'il pouvait, ne pouvait rien.

« Debout, sale chien ! »

Papa avait l'impression de se noyer à l'air libre.

« Alors quoi ? C'est chez moi, ici ! C'est mes cartons ! »

Son cœur battait à tout rompre. Il tombait sur les cartons, rampait dessus, criait, tentait de se remettre et reprenait des coups.

Il suppliait l'autre.

« Pardon, pardon, qu'il faisait.

— Pardon ? Et quoi ? C'est chez moi ici ! »

L'agresseur, qui ressemblait à une loque, commençait d'y mettre les pieds. Un instant, son visage se trouva éclairé par des phares. Papa reconnut le crasseux qui courait après le papier toilette, le grand nerveux au visage malade. Le voyant fondre sur lui, l'enfant fuyait à quatre pattes. Les mains sur le sol humide et rocailleux, il se râpait la paume, glissait.

« Pardon, j'ai pas donné le papier ! Papa dit en criant.

— Quoi ?

— À l'aide !

— À l'aide ! imitait le crasseux. À l'aide ! Au voleur, oui, sale rat ! »

Les coups, encore.

Papa pleurait, balbutiait. Il rampait.

À force de glisser, de traîner sur le sol, ses vêtements devenaient noirs.

Il éternua du sang et de la morve.

« La maladie sur ma maison ! Sale rat ! Crève ! »

Les coups lui faisaient mal.

En face il voyait des guirlandes illuminées, qui brillaient avec la pluie. « Joyeuses fêtes », elles disaient.

Fermant les yeux et ne bougeant plus, comme s'il acceptait enfin de recevoir les coups, Papa revoyait le cadavre d'Eyob. Dans son imagination, il prenait sa place, étalé sur le sol.

Il n'avait pas eu besoin des chiens de combat pour en finir.

Une simple loque, à coups de pied, de poing, lui faisait payer sa faute.

« Agabus ! C'est rien qu'un gamin ! Arrête !
Mais arrête ! »

Le terrible qui le frappait se tourna vers un
autre, barbu, plus grand et plus vieux. Agabus
avait les yeux grands ouverts et cernés. Papa
voyait les deux en flou.

« Pas un gamin, Jésus ! C'est un chien ! Un
chien ! Un voleur et un chien ! Il crache sur la
maison !

— Arrête, je te dis ! Tu vas le crever !

— Très bien, qu'il crève ! »

Le barbu retenait son ami par le bras.

Papa avait couru en rampant jusqu'à un coin.
Il voyait les deux se tenir, se tirer sur les manches
qui craquaient dans un bruit pathétique.

« Arrête, je te dis !

— C'est un chien ! Un voleur et un chien !

— Il est parti ! Arrête ! »

Agabus se tournait vers Papa.

« Il est pas parti ! Je le vois ! Il est là, caché ! Sale chien ! Ouais, tu peux courir, je te vois bien ! »

Le sauveur de Papa tenait l'autre. Il était plus fort, ses habits moins sales et moins déchirés. Dans ses bras, Agabus commençait à s'essouffler.

« Si on laisse faire, ils vont tout nous prendre ! Racaille ! Sale racaille ! »

Il continuait de crier. Il hurlait tant, même, et de manière si scandée, qu'il donnait l'impression de prier.

« Sale rat, enculé ! »

Les yeux d'Agabus étaient rouges.

« La famine ! Ils vont tout nous prendre ! »

Papa, lui, désespéré, se blessait les mains sur le sol. Il cherchait ses lunettes à l'aveugle. Elles avaient dû tomber de sa poche au cours de la bagarre.

« Je vais devenir aveugle, il pensa. Je vais devenir aveugle. »

« Il faut pas faire attention, c'est sa tête. Elle est cassée. »

Papa ne disait rien.

Il tentait de bricoler ses lunettes, qu'il avait retrouvées tordues. Jésus tendit la main et redressa la monture en deux gestes. Le regardant faire, Papa crut au miracle, en vain. Le verre droit restait fissuré.

Papa pouvait voir le visage de l'autre. Rayé par la fissure, avec sa barbe et son regard intense, il avait l'air du Christ.

Papa, lui, avec sa morve séchée, des cernes plein les yeux, faisait un peu cadavre. En deux jours, tout Noir qu'il était, il avait perdu ses couleurs et ressemblait aux deux clochards en ruine.

« Tu cherchais quoi, gamin ?

— Rien. Je voulais juste dormir.

— Et ta mère, elle est où ? »

Papa ne trouvait pas la force de répondre. Il se contentait de renifler.

Jésus se tournait vers Agabus. Enfin calmé, il marmonnait dans un coin, s'endormait à moitié.

« Bah voilà, il voulait juste dormir, pas voler ta maison. »

Agabus ronflait déjà.

« Jésus, il avait dit, pour se présenter.

— Papa.

— C'est ton nom ? »

Papa fit oui de la tête.

« T'es là que pour dormir, on est d'accord ? Tu viens pas nous gruger ? »

Papa fit non de la tête. Jésus le regardait en détail. Agabus poursuivait son délire en dormant. Il disait des choses incompréhensibles.

« Pourquoi il est comme ça ?

— Le crabe.

— C'est une bête qui l'a mordu ? »

Jésus sourit à Papa.

« C'est ça. Une grosse bête. »

Jésus roula une cigarette informe, de la taille d'un cigare. Ses doigts étaient sales.

« À cause de la bête, sa mémoire elle s'en va un peu tous les jours. »

Papa l'écoutait en partie. Ses bleus lui faisaient mal. Il passait son temps à replacer droit sur son nez ses lunettes abîmées.

« Je vais avoir besoin de toi, maintenant, fit Jésus.

— Pour quoi faire ?

— La maison, dit-il en montrant les cartons. Elle va pas se monter toute seule. »

Papa ouvrait la bouche, ébahi.

« Tu crois c'est des cartons, on se met dessus comme t'as fait, et puis on dort ? Non, non. Tous les jours il faut les monter, et puis les démonter. Sinon le vent, ou les gens comme toi qui passent et qui se servent parce qu'ils se croient chez eux, eh bien ils détruisent la maison et on se retrouve à la rue. »

Papa regardait Jésus sans rien dire.

« Je vais t'apprendre. Comme ça, tu sauras pour demain.

— Demain ?

— Ouais, demain. On dort ici tous les jours. »

Jésus se voyait rester là pour la vie entière.

« Alors ? »

Papa s'approcha. Jésus lui tendait des cartons, commençait à les assembler. Il opérait à la manière d'un architecte, les empilant de manière ordonnée. La maison de papier semblait s'appuyer sur des plans véritables.

« Là tu rajoutes ce coin-là, comme ça. S'il faut tu le plies, c'est pas grave si tu l'abîmes. Mais pas trop si possible, c'est quand même ta maison. »

Papa ne disait rien.

« Tu m'écoutes ?

— Oui.

— J'ai dit quoi ?

— Tu le plies et c'est pas grave si tu l'abîmes un peu. »

Jésus sourit enfin, fier de son bon élève.

En dix minutes ils avaient bien avancé. Au final, Jésus avait raison, tout s'emboîtait. La chose n'était pas une maison, mais elle avait une forme.

Une cabane molle, semi-mouillée, trônait ainsi sous le grand pont de pierre, entre deux rues envahies de voitures.

« Au lit, maintenant », dit Jésus à Papa comme un père.

Papa avait rêvé d'un endroit libre et lointain, un endroit sans rien ni personne, avec de l'eau en abondance, des fruits et des barres de chocolat. Le ciel y était clair. Dans son rêve, Papa pouvait voir les étoiles.

Il s'était réveillé en plein jour. Les deux clochards dormaient.

De larges bleus étaient apparus sur sa peau et les marques de griffure avaient enflé.

Un soleil blanc, filtré par les nuages, illuminait Paris à moitié.

Un instant, Papa sourit presque, puis il pensa à sa mère et sentit son cœur fondre.

Sans réveiller les autres, il quitta la maison de carton qui s'était effondrée dans la nuit. Les deux clochards, à nouveau sans abri, étaient entourés par les ruines.

Papa pensa à son sac, et dedans à son livre. Son cœur se mit à battre encore plus fort que la veille sous les coups d'Agabus. Il ne se souvenait plus de ce qu'il en avait fait à cause de la bagarre.

S'il perdait son livre, il perdait tout. Il fouilla nerveusement dans la crasse, inquiet, puis le trouva écrasé dans un coin, confondu dans les poubelles percées.

Papa eut chaud au cœur, et froid d'un seul coup.

Il éternua dessus sans pouvoir se contrôler.

Le sac était sale. Il puait. À l'intérieur ses dessins avaient pris l'humidité. La plupart étaient en miettes.

Malgré le plastique, le livre aussi était abîmé, corné, des morceaux de sa couverture à moitié arrachés. L'humidité avait pénétré l'intérieur. Certaines pages collaient. Une de ses images préférées, celle d'un satellite qui planait au-dessus de la Terre, était désormais gondolée.

Papa avait les larmes aux yeux en regardant le beau livre qu'il voyait flou à cause de ses verres sales et de leur fissure.

Tout autour de lui, la vie reprenait. La circulation était dense, bruyante.

Il devait être 9 heures.

Il éternua de nouveau avant de se moucher dans son pull.

9 h 30.

Une mère et son enfant se poussaient l'un l'autre. Ils fouillaient un bac en métal grand ouvert et rempli de vêtements, cherchaient des habits de leur taille, répandaient tout sur le trottoir. Il avait plu la veille. Les habits traînant devenaient sales.

Papa attendait leur départ. À ramper la nuit passée devant Agabus, et à force de traîner dans les rues, il avait fini d'user son pantalon.

Une fois la mère et son enfant partis, il s'approcha du bac.

En soulevant des tas de tissus, il trouva un sweat vert avec une capuche, trop grand pour lui. Il en retroussa les manches. Le sweat était chaud. Il prit aussi un pantalon, des chaussettes et un tee-shirt.

Papa se changea sous un porche, dans l'ombre, à deux mètres des passants, des voitures et des bus.

Ses bleus lui faisaient mal.

Descendant la rue sous le métro, il passa dessus un pont qui le mena près d'un quai. Là, il découvrit un grand bar aéré auprès d'une caserne de pompiers avec de gros camions rouges, plantée au bord d'une rivière. Il chercha un endroit à l'abri entre le bar et le pont, puis s'approcha de l'eau.

Fouillant dans son sac, il prit les feuilles de cours une à une, les déchira en confettis avant de les jeter le plus loin possible.

Il regarda le papier s'enfoncer dans l'eau grise.

Papa avait trois livres de cours. Un d'histoire, un de biologie, un de mathématiques. Ceux-là n'étaient pas protégés. Ils étaient humides, leurs couvertures avaient molli. Avant, ils pesaient déjà. Gorgés d'eau, ils devenaient plus lourds encore.

Papa prit les trois livres collés entre eux, se

rapprocha d'une poubelle quasi pleine et les enfonça de force à l'intérieur.

Il jeta partie de sa trousse, ne gardant que quelques crayons pour le dessin.

Enfin, il prit ses anciens vêtements sales et couvrit le tas de déchets de son vieux pull et du pantalon déchirés.

Il se sentait plus léger.

Papa leva la tête en reniflant.

Le soleil continuait de monter dans le ciel.

Il avait longuement hésité entre la douche et un sandwich.

Un temps, le sandwich avait primé. Seulement après une heure la faim était passée. Face à la devanture d'une piscine, il fantasmait l'eau chaude.

Avec ce qu'il avait de reste, il pouvait acheter un peu de pain, en plus du ticket pour entrer. Le pain calmerait la faim, l'eau nettoierait la saleté.

À l'intérieur, il s'était fait le plus discret possible. Il avait bien vu le regard étonné des gens qui travaillaient là, de le voir seul un jour d'école. Seulement, à cause de la crasse sur son visage et sur ses mains, ils n'avaient rien demandé.

Papa, qui ressemblait de plus en plus à un clochard, n'avait plus d'argent pour les consignes. Il avait laissé son sac et ses affaires sur un banc, mais gardé sur son nez ses précieuses lunettes.

Il s'était frotté les mains sur le savon dans les toilettes. En slip sous la douche, les mains pleines de mousse, il caressait ses bleus, frottait ses quelques croûtes.

L'eau n'était pas payante. Il était resté le plus longtemps possible.

Papa était seul dans les douches. L'eau était tiède. Il sentit un soulagement. Chaque minute passée lui lavait le corps et l'esprit davantage.

Il ferma les yeux, se laissa bercer par le jet. Il imaginait des mondes lointains. Les gens du futur, à l'autre bout du cosmos, découvraient en ce moment même des planètes sans îles et sans terre, recouvertes d'océans sur la totalité de leur surface.

Papa plongeait dans une mer de corail.

Enfin, il émergea. L'eau tiède était devenue froide.

Passé la douche, il avait bu ce qu'il pouvait grâce au robinet des toilettes.

En sortant, les doigts pressés sur ses derniers centimes, il entra dans une boulangerie, et paya pour une demi-baguette qu'il grignota sur un banc. Au milieu d'un terre-plein, Papa se trouva seul, entouré par des rangées de voitures qui roulaient dans les deux sens.

Il se faisait pitié à lui-même. Depuis toujours il se voyait, au travers du regard des autres, en victime. Ils le lui avaient tant répété qu'il avait fini par le croire.

Ses mains étaient couvertes de bleus. Il reniflait. Son front chauffait. La soif était calmée, la faim était calmée, mais il sentait comme un début de fièvre.

Il avait rongé la moitié du pain sans même

s'en rendre compte. Il avait des regrets. Il aurait voulu revivre le plaisir de la première bouchée. Il aurait voulu avaler le reste sans y penser, seulement il devait en garder pour plus tard.

Paris était plein d'avenues.

Ses diagonales partaient en vrac et directions trompeuses. La ville n'avait pas de logique. Les bâtiments aussi étaient absurdes. Ils comptaient trop de briques. Rien ne les distinguait entre eux.

Papa découvrait Haussmann, le découpage de la ville en barrages. Le ciel était presque invisible. Il avait l'impression de traverser des tunnels. Il n'était entré dans Paris que la veille, il y avait dormi, pourtant il avait l'impression d'y errer depuis toujours.

Il ne savait pas s'il avait marché tout droit, ou bien tourné en boucle. Il ne savait pas d'où il venait. Il ne savait pas où était le nord, ni où était le sud.

Il suivait les lumières de Noël.

Malgré le demi-pain grignoté, la faim était encore là, passé une heure ou davantage.

Avec elle vint l'esprit faible. De nouveau, il avait des pensées tristes. Il voyait sa mère seule, pensait au Caïd et à ses chiens, à la police qui le mettrait en prison.

Ses pieds lui faisaient mal. Le bout de ses manches neuves était déjà gris. Il n'avait pu changer de chaussures. Elles étaient sales.

Devant lui des voitures, des immeubles.

Les gens portaient des sacs remplis de cadeaux.

Papa était seul. Il était seul.

À force de marcher sans but, il finit par retrouver les grands ponts qui supportaient le métro. Il reconnaissait l'endroit pour y avoir dormi la veille.

Il repensa à Jésus et Agabus.

Il voyait des terrains de basket. Des jeunes se passaient la balle en criant. Ils étaient grands, blancs, noirs, habillés pour l'hiver. L'un d'eux, pour rire, portait un bonnet rouge avec un pompon blanc.

Les jeunes suaient sous leurs pulls, jouaient dans des cages enfoncées sous les ponts. Au-dessus d'eux passaient des métros qui faisaient trembler les structures du terrain.

Papa les regardait envieux. Les joueurs ne faisaient pas attention à lui.

Non loin traînait une autre bande. Ils riaient, se poussaient, crachaient par terre.

Depuis Bonhomme, il se méfiait des comme lui. Les jeunes à capuche, les faux pareils qui faisaient comme si. On échangeait des cigarettes. On relevait sa capuche en regardant passer les filles.

Certains posaient genou relevé, le dos contre les grillages.

Sous chacune des capuches, Papa imaginait le danger. Il savait qu'ils ne pouvaient pas tous connaître le Caïd, mais il devait bien y en avoir. Il avait tué le petit frère, après tout. La rumeur avait dû circuler.

Papa se fondait du mieux possible. À l'école, il avait appris à se rendre invisible. Il ne pouvait pourtant s'empêcher de regarder, et les voyait le fixant.

Comme pour Bonhomme, Papa n'avait aucun moyen de vérifier s'ils en avaient ou non après lui, et s'ils connaissaient le Caïd. Il y avait toujours le risque.

« Eh ! »

Papa refusa de se tourner. Il avait peur que le cri lui soit adressé.

« Eh ! »

Au-dessus, un métro arrivait.

À nouveau, tout se mit à trembler. Papa courut vers le train, suivit un homme en costume qui entrait par les barrières, se faufila derrière lui sans payer. Il imaginait que les jeunes à capuche le suivaient.

Le métro s'arrêta faisant grincer ses portes d'un coup grandes ouvertes.

Papa y entra tête baissée.

La main calée sur une barre, il gardait les yeux clos. Il avait peur de vérifier si les autres le suivaient. Il jouait aux cow-boys et aux Indiens. Papa avait peur des Indiens.

Le métro surgit hors d'un tunnel.

Il sentit le jour sur ses paupières. Il garda les yeux fermés longtemps. La fatigue le berçait. Il s'endormait presque ainsi, laissant la voix automatique indiquer chaque arrêt à mesure.

Quand il rouvrit les yeux, il ne vit pas les capuches, que des hommes en costume et des femmes en tailleur.

Une voix annonça : « Charles-de-Gaulle - Étoile. »

En un seul tas sortait la foule d'hommes et de femmes. Attiré, Papa se décida à les suivre. Ils marchaient en paquet dans les couloirs, en direction d'autres plates-formes.

Il attendit avec eux le prochain métro, y entra.

Il ne fermait plus les yeux. Il observait autour de lui les hommes et les femmes penchés sur des téléphones high-tech. Papa était le seul à regarder les gens qui regardaient leurs écrans.

La voix automatique annonça : « La Défense. »

À nouveau, les gens sortaient en paquet. Il les suivit encore.

Avec eux, il traversa de larges tunnels et continua de marcher jusqu'à la lumière du jour.

Dehors il trouva des constructions plus hautes que celles de Paris, alignées sur une esplanade qui dominait toute la ville.

Face au spectacle, il resta sidéré.

Splendeur géométrique.

Un fracas de bâtiments neufs érigés depuis des carrières. Des tours de verre et de métal, chacune réfléchissant les autres à l'infini.

Papa n'avait jamais rien vu d'aussi propre. Sa mère à lui aimait pourtant frotter, caser, ranger. Elle détestait la poussière. Ici, Papa se trouvait au-dehors, et le sol de pierre semblait un parquet lustré.

Les hommes de la Défense, avec leurs sacoches en cuir et costumes, étaient entourés de fontaines. Ils avaient l'air important.

Papa aimait ce qu'il voyait, le flot de gens disciplinés, la simplicité calme du lieu, le grand carré blanc qui trônait tout au bout d'une longue allée ouverte de béton.

Le carré, immense, était troué au milieu. Il donnait l'impression d'un vaisseau planté à même le sol. Il ressemblait à un pont mais sans but, un qui ne soutient rien ni ne sert de passage. Papa fixait ses ascenseurs panoramiques.

Il n'avait jamais rêvé, même dans les histoires de ses livres, pareils décor et matières du futur. Son imagination avait créé des bâtisses, mais qui semblaient, face au spectacle, issues du Moyen Âge.

Ici aussi les capuches et les jeunes étaient plus rares, il avait donc moins peur.

Entouré des grands ensembles, il faisait face au carré blanc. Presque apaisé, Papa trouva un banc de pierre isolé, essuya ses lunettes, sortit le livre de son sac et en fixa la couverture.

Il avait l'impression de le découvrir vraiment pour la première fois.

Le livre était abîmé. Jusqu'ici, Papa n'avait fait que le parcourir. Il s'était penché sur les images, beaucoup moins sur le texte.

Il était décidé, il allait s'y plonger vraiment.

« Alors donc », il pensa, ouvrant le bel ouvrage.

La première grande photographie, passé la couverture, était celle d'une planète aveuglée par la lumière d'un astre. Elle occupait deux pages entières.

Papa l'avait regardée tous les jours, dans sa chambre et à l'école, mais cette fois il la regardait mieux.

Il se disait que, dans le futur, il aurait pu dessiner des vaisseaux.

« Technicien de l'image spatiale. »

L'idée lui plaisait, mais lui mettait une triste mine. Son rêve était devenu impossible.

Il ne savait pas combien de temps il allait pouvoir tenir. Errer dans les rues, attendre un miracle. Un peu de pain pour la journée, la police et les chiens à ses trousses, à la fin la prison ou la mort. Fuir, en direction de nulle part.

« C'est trop bête. »

Papa renifla, puis renifla encore, manqua de s'essuyer le nez dans sa manche. Il se rappela qu'elle était presque neuve et qu'il voulait la garder propre, au moins pour le principe. Elle était déjà grise, mais restait présentable.

« Bah », se dit-il, en éternuant dessus.

Il notait chaque image en détail. Chaque image, nom, mention légale, le sommaire intégral, et même le bord des pages et leur texture.

Plongé au cœur de l'univers, il avait oublié le monde autour de lui.

De peur qu'il s'envole, il tenait dur le livre.
Les yeux collés aux pages, il avait pour lire le dos
tordu. Des mots, Papa ne comprenait pas tout,
mais il comprenait l'essentiel. Les images, déjà,
disaient beaucoup de choses.

Enfin.

Passé les noms et les titres de chapitres, il
ouvrait les pages au hasard, lisait les encarts et
les notes. Il découvrait des chiffres fous : cent
mille milliards d'étoiles.

Papa levait les yeux vers le ciel. Il ne voyait
que du gris.

Le livre était rempli de mots incroyables : pul-
sar, nova. Des textes en coin expliquaient les
photos étalées parfois sur deux pages grandioses.

Concentré sur la chose, Papa n'entendait rien
autour. Une histoire plus réelle que la réalité
prenait forme sous ses yeux.

Il s'arrêta sur les photos de deux engins perdus dans le grand cosmos. De ce qu'il comprenait de la légende attelée aux images, à la fin des années soixante-dix, deux sondes spatiales avaient été lancées aux confins de la galaxie. Nommées Voyager I et II, les sondes, errantes, prenaient des clichés de planètes. Elles révélaient des images inconnues jusqu'alors.

Après plus de vingt ans, les deux engins avaient fini par entrer dans la zone interstellaire, que ferment les vents solaires et qui marque la frontière entre le vide et le plein.

« Ah ! » Papa dit tout haut, faisant sursauter une femme en tailleur.

Enfin.

À mesure des années, Voyager I et II s'étaient trouvées chacune à l'opposé de l'autre, dans le grand vide entre les mondes.

Au cours de leur voyage, les deux sondes avaient échappé aux croisements de météores, carambolages de planètes et brûlures du soleil. Elles se trouvaient dans les ténèbres suivant le même chemin depuis le jour de leur lancement, en ligne droite. Au cœur du noir, les deux sœurs émettaient un clignotement béat, battant ici et là leur progression folle.

Papa ouvrait grand la bouche, mais il ne disait rien.

Les deux sondes allaient parcourir le néant au cours des dizaines de milliers d'années à venir, sans jamais rien trouver que le noir.

Voyager I, disait le livre, n'allait pas croiser une seule étoile avant près de quarante mille ans. Papa, fasciné, se répétait la somme.

« Quarante mille ans. »

Vint la révélation, l'évidence.

« Cette sonde… se dit-il. Eh bien, c'est moi. »

Épuisé d'un grand coup par la lecture intense, Papa reposait son regard et contemplait les immeubles venus compléter sa vision. Après deux jours à marcher dans le vieux bâti parisien, il avait la nausée des pierres anciennes. Les tours de verre étaient les bienvenues.

Papa regardait la masse des gens.

Au pied des tours de la Défense, agitées de porte en porte sur le grand terre-plein, il trouvait les mêmes hordes d'hommes et de femmes en costumes et tailleurs noirs, gris, bleu marine ou bleu-gris. Ils ou elles marchaient d'un pas mesuré, en rythme, et semblaient suivre un programme.

Papa voyait en eux des androïdes. Leur démarche et leurs habits, leurs cheveux nets ou rasés, coupes efficaces, étaient le résultat de machines programmées par le grand ordinateur d'un vaisseau.

Peut-être ils étaient les gens du futur imaginés par Papa.

Lui pensait que d'ici quarante mille années, lorsque Voyager I atteindrait la constellation de la Girafe, l'humanité tout entière se serait transformée ainsi, en costumes impeccables et cheveux ras, le cœur et les poumons remplacés par un moteur à pile énergétique.

Et d'ici deux cent quatre-vingt-seize mille années, quand Voyager II rencontrerait Sirius, les costumes et les piles auraient remplacé l'humain, et Voyager II ne témoignerait plus de grand-chose. Les aliens trouvant la sonde y découvriraient les signes d'une civilisation disparue depuis au moins cent mille ans.

En attendant le vrai futur, Voyager I et II se trouvaient déjà à près de vingt milliards de kilomètres du Soleil. Papa lui se trouvait bloqué sur Terre, à cent cinquante millions de kilomètres de la même étoile.

À cette pensée les grandes tours autour de lui paraissaient naines et de paille, et les robots en costume insignifiants.

Il repensait aux deux cent quatre-vingt-seize mille années de solitude, en plongée dans le noir total.

Papa avait froid. Son nez coulait plus que

jamais. Il éternuait, frissonnait, souffrait de
courbatures à cause de la bagarre. Ses os lui faisaient mal et son front le brûlait.

Le soleil commençait de se coucher sur la
Défense.

Il ne pouvait se contenter de dormir là sur la pierre froide.

Fuyant l'esplanade en compagnie des hommes et des femmes en costume, Papa se retrouva sous terre à nouveau.

Bloqué devant les barrières du métro, il guetta une ouverture, profita du passage d'une femme vêtue d'un long manteau et se faufila derrière elle en s'excusant.

Il marchait à ses côtés. Elle ne le regardait pas.

La femme était noire, grande et maigre, avec de longs cheveux peignés. Elle portait des talons rouges. De dos, elle lui semblait être très belle.

Papa voulait voir son visage. Fasciné, il se mit à la suivre.

Il ne regardait pas la direction. Agrippé à son sac, troué, sale, il ne voyait que cette femme dont le regard était fixé sur un téléphone plat.

La suivant, il avait traversé dix couloirs. Parfois, les escaliers mécaniques lui reposaient les jambes. Il courait presque. Elle marchait vite, portée par la foule pressée. Il avait peur de la perdre.

Papa restait à quelques mètres d'elle. Il calculait la distance pour éviter de se faire repérer. Il rêvait qu'elle se tourne vers lui.

Papa voulait lui mendier un sourire. Il en devenait obsédé.

Ses longs cheveux cachaient ses yeux, son front, sa bouche. Elle restait concentrée sur son petit appareil.

Papa se laissait glisser, porté par les escalators.

Il voulait voir son visage. Il ne pensait qu'à cela. Il reniflait, regardait les bleus sur ses mains. Ses lunettes tordues ne tenaient plus sur son nez.

Il continuait de suivre la femme.

Papa cherchait toujours son visage. Il patientait avec la foule des travailleurs en costume sur le quai. Les corps l'entouraient. La grande femme, cachée par ses cheveux, était collée à son écran.

Un affreux larsen, suivi d'un cri, força Papa et la foule à se tourner.

De l'autre côté du quai, un homme courbé, les cheveux mi-longs, gris, traînait dans un cabas un poste radio, relié à un micro qu'il tenait dans la main.

L'homme approchait sa bouche du micro, qui émettait des sifflements.

Papa cherchait la femme mais ne la voyait plus.

L'homme au micro parla fort.

« Les gens ils disent, mais il faut arrêter de mentir ! Ça suffit les mensonges ! Ils sont combien ? On peut plus compter ! Bientôt ce sera eux dedans et nous dehors ! »

La femme avait disparu. Gênée par l'autre, elle avait dû partir. Papa n'avait pu voir à quoi elle ressemblait. Il se sentait triste d'un coup. Il avait l'impression d'avoir perdu un être cher.

« Nègres et bougnoules ! Regardez-moi ! »

Papa sursauta. Il se demanda si l'homme au micro lui parlait. Il y avait trop de monde autour, il ne pouvait pas le voir, lui.

Il suffoquait pourtant. L'homme semblait le fixer. Il savait qu'il avait tué, il savait pour Eyob. Papa n'osait regarder. La foule entière le fixait.

« Ça sert à rien de te cacher ! Regarde-moi ! »

Les parois du métro reprenaient le cri en écho.

Papa croyait à un rêve. Il continuait de chercher la femme, en vain. Il ne voyait que des costumes, n'entendait que des cris.

Un nouveau larsen grinça quand un métro surgit, avalant le bruit du micro avec le sien propre. Papa, tête baissée, partit se réfugier à l'intérieur du train, tourné contre la vitre.

Il faisait chaud, mais il avait froid dans le bas du dos. Il tremblait encore des regards et des cris de l'homme.

Le train repartait. Il avait du mal à respirer.

Cherchant à se distraire, il se tourna vers les autres. Il voyait des centaines d'hommes et de femmes en costume, calmes, indifférents. Rassuré, Papa s'enfonça dans son siège et se figea.

Face à lui, la femme était assise.

Elle avait de grands yeux. Ses cheveux, peignés, lui tombaient sur les épaules. Elle portait un pull à rayures et un collier. Il regardait ses mains, ses gants. Il regardait sa peau noire et sa bouche. Il prenait du recul et la regardait tout entière.

Papa n'avait jamais vu de femme aussi belle.

Un temps, il continua de la suivre. L'accompagnant d'un arrêt l'autre, il changea de ligne avec elle. Elle regardait son téléphone, pianotait des messages, naviguait entre les applications.

Enfin, elle comprit, s'arrêta de marcher et le fixa sévèrement.

Gêné, Papa détourna les yeux. Il pensait qu'elle allait s'approcher, le montrer du doigt, le gifler. Il attendait sa venue, désirait sa venue, gardait la tête baissée.

Il tremblait.

Il rêvait sans se l'avouer d'une vraie punition, réprimande ou fessée. Papa pensait que sa mère, plus jeune, avait dû être aussi belle.

Il attendait la sanction. Il méritait la prison. Il avait tué, fugué. Il fabriquait des scénarios.

Quand il trouva le courage de relever les yeux, la belle femme avait disparu. Il chercha autour de lui, paniqué comme s'il venait de perdre son but. Seul à nouveau, la cherchant sans se faire d'illusion, Papa suivait les escaliers mécaniques.

Bientôt, il se trouva dehors, entouré par les boulevards sans âme et les décorations de Noël.

Le labyrinthe à nouveau. Des bus et des voitures de police dont il s'approchait sans oser leur faire signe, des cafés ouverts, un canal avec des ponts dessus. Des passants avec en laisse des chiens de race qui n'étaient pas des chiens de combat.

Papa éternua. Sa fièvre montait davantage.

Il faisait nuit.

Des radiateurs qui ressemblaient à des lampes chauffaient en plein air.

Il ne savait plus comment il s'était retrouvé assis à la terrasse du café. Il n'avait plus d'argent sur lui.

Son nez coulait, il délirait un peu. Les gens autour étaient assis au calme. Sous la lumière des chauffages extérieurs, ils partageaient des repas, mangeaient des hamburgers et des salades.

Papa salivait.

La terrasse était composée de rangées de deux tables situées côte à côte sur toute une longueur.

Deux filles discutaient. Une était blonde, l'autre brune. Elles étaient les filles les mieux habillées au monde. Il les regardait en coin. Il ne voulait pas se faire repérer comme avec celle du métro.

La brune avait de longs cheveux noirs et lisses,

des yeux bleus. Elle portait une veste à carreaux, un pantalon en cuir et des bottes, une cravate. Sa chemise était blanche.

La blonde, elle, avait les cheveux au carré. Elle était habillée d'une robe bleue et d'une veste en fourrure, avec des bottes et des gants. Un foulard en soie de couleur rouge et jaune était noué autour de son cou très fin.

« J'ai craqué, je te dis.

— Tu t'es fait plaisir.

— Oui, mais je m'en veux. J'ai vraiment craqué.

— Tu t'en veux, mais ça sert à rien, tu t'es fait plaisir.

— En fait, j'ai craqué deux fois… Pour une robe, et pour un pantalon. »

La fille se mit à rougir.

« Et aussi des chaussures.

— Tu vois, dit l'autre. Tu t'es fait plaisir. Ça se voit. Ça t'a fait du bien. Tu t'es sentie belle. C'est important. »

Papa regardait ses habits sales. La brune se tourna vers lui, grimaçant, puis regarda de nouveau son amie.

Il avait oublié qu'il puait.

« T'es un peu déprimée, alors tu cherches des solutions. Y a pas de mal. Moi je fais ça souvent.

La culpabilité ça sert à rien, et l'argent c'est fait pour être dépensé. Les gens ils se réfrènent, du coup après ils sont tristes et ils sont frustrés. Ton argent, tu peux bien en faire ce que tu veux, tant qu'il t'en reste pour L. A. »

L. A., il se disait : Los Angeles. Ça faisait loin, d'un coup, plus loin que pour les sondes. Il y avait chez maman, Paris, ensuite Sirius et, plus loin encore que le cosmos, la ville des anges. Papa avait vu ses grandes avenues dans les films américains.

Il absorbait les paroles des filles, qui étaient comme du cristal. Elles fumaient. Leur rouge à lèvres brillait comme elles sous la lumière. Elles ressemblaient à des stars de cinéma. Papa se demandait s'il ne les avait pas déjà vues dans quelque magazine.

« Vous attendez quelqu'un ? »

Une serveuse, collée à lui, le regardait de travers. Il se mit à balbutier.

« Mes parents.

— C'est une table de quatre. »

Papa regarda autour de lui les groupes. Il avait la seule table de libre. La serveuse insistait.

« C'est pour manger ? »

Papa ne savait quoi dire. La serveuse mimait le fait de manger avec ses mains en le regardant dans les yeux.

« Man-ger.

— Non c'est pour boire. Un chocolat chaud.

— On fait plus de chaud. »

La morve coulait de son nez. Il avait du mal à trouver les bons mots.

Tous les clients s'étaient tournés. Les deux filles le regardaient vraiment pour la première fois. Lui se trouvait paralysé en attendant de se faire gronder.

Un client se leva.

« Vous avez pas compris qu'il mentait ?

— Je vous demande pardon ? dit la serveuse.

— Il ment, c'est un gamin, vous avez vu ses lunettes, il est tout seul, il est tout sale, il attend personne. »

Maintenant il regardait Papa.

« T'as quel âge ? Alors ? Elle est où ta maman ? »

Trente paires d'yeux étaient fixées sur lui seul.

« Elle arrive. »

Personne ne parlait plus.

Les gens attendaient que Papa dise quelque chose, mais il n'y avait rien à dire. La serveuse était gênée. Les deux filles le fixaient sans la moindre émotion. Certains clients, pris de pitié, le regardaient attendris, d'autres, impatients, attendaient une table.

Le patron arriva bientôt. Il était grand, bien habillé, le crâne rasé. Lui aussi portait une cravate, sous un tablier.

« Alors, c'est quoi ? »

Suivit un terrible silence. Chaque fourchette faisait des bruits de crécelle.

Sans réfléchir, Papa se leva, s'enfuit en serrant la lanière de son sac. Le grand qui était intervenu lui cria d'attendre.

« Reviens, gamin ! il disait. Reviens ! »

Papa était déjà loin.

Il avait beau s'agripper aux gens, eux le reje-
taient tous.

Depuis le premier jour, il avait bien compris, ça ne servait à rien d'essayer, il valait mieux
fuir loin, dessiner des citadelles imaginaires avec
dedans des amis de papier. Il irait marchant
toujours seul dans la nuit, parce que ça valait
mieux.

Des amis, il n'en aurait jamais. Il n'y avait
pas droit.

Son dos lui faisait mal. Il avait froid aux
doigts, aux mains.

Papa marchait sans direction. Ici plutôt que
là, ou bien ailleurs, c'était pareil.

Une cabine lui faisait face.

La rue était noire autour, et l'intérieur de la cabine allumé. Papa la regardait en reniflant. La faim, la fièvre lui faisaient tout voir en double. Il imaginait que sous le sol, des connexions téléphoniques continuaient en un tunnel de câbles qui formait un portail jusqu'à la maison de sa mère.

La cabine était presque un arbre. Papa visualisait ses racines de cuivre plantées dans la terre.

« Alors ? » il se disait à lui-même, en se mordant les lèvres.

Il n'arrivait pas à se décider, appeler sa mère ou non, rester planté ici, ou bien rentrer là.

Dans le vague, il restait figé devant la cabine, à laisser dériver son esprit. Il revivait sa journée.

Il ne pouvait oublier la belle femme noire.

Il ne pouvait oublier la fille à la cravate.

Les centimes de reste lui suffiraient pour une minute au moins. Il hésitait toujours car appeler chez sa mère, c'était comme réveiller la Mort. La police ou le Caïd pouvaient décrocher, n'importe qui de méchant.

Papa l'imaginait seule, le téléphone à portée, à se ronger les ongles et puis la peau avec.

Il pianota le numéro.

Il attendait qu'elle décroche. Dans la cabine il s'agitait pour faire un peu de chaud, en vain car un grand froid entrait par les fissures des vitres en Plexiglas. Papa faisait de la buée sur les vitres en soufflant. Il baisait les bleus sur ses mains.

« Papa ? »

Sa mère était en vie.

« Patrice ? C'est toi ?

— Maman.

— Tu es vivant. »

Il renifla.

« Où es-tu ? »

Il ne savait quoi répondre. Il avait peur des chiens, de la police. Il avait peur de la faim, du froid, il avait peur d'être seul, de fêter Noël dans un trou. Il avait peur pour elle. Il ne savait plus s'il voulait vivre.

Sa maman lui manquait.

« Où es-tu ? »

Il hésita, un temps.

Suivit un clic. Papa n'avait plus de crédit.

Rassuré presque de ne plus avoir à répondre, il raccrocha le combiné.

Il avait mal au cœur. Des larmes montaient. Les frissons étaient plus forts. Bientôt, les larmes sortaient en pagaille.

Elle était vivante, au moins. En attendant, il était seul.

Tout autour les avenues paraissaient plus larges.

Le monde était glacé. Il était si froid, même, que les larmes de Papa gelaient. Tout paraissait difforme, et chaque instant l'enfant semblait rapetisser davantage face aux grands bâtiments.

Il tournait la tête et cherchait refuge, en vain, car toutes les portes de tous les immeubles du monde étaient fermées par des codes secrets.

Assis sur un banc, il se bouchait les oreilles. Il se protégeait le corps de ses bras. Le bois du banc était froid. Papa ne faisait plus que trembler. Son front le brûlait.

Il entendait les voitures, les bus, plus rares à cause de l'heure tardive. Il imaginait le choc sourd des étoiles mourant en une explosion folle, à quelques galaxies de là. Il entendait des symphonies.

Sa tête vibrait.

Il se mit à pleuvoir.

Il se leva enfin.

Papa errait dans des ruelles de suie. Des lumières clignotaient. Il ne regardait plus que ses chaussures.

Traîner les pieds pour avancer. Ses genoux grinçaient presque.

D'avoir entendu la voix de sa mère le peinait plus que tout. Il ne pensait qu'à elle. Il ne la reverrait jamais, sinon sur sa tombe ou en prison.

Il relevait la tête, voyait des couleurs. Devant lui s'alignaient des vitrines avec dessous féminins, dentelles de soie, cuir et vinyle brillants. Des magasins de sexe.

Pigalle.

Papa voyait mal à cause de la pluie qui barrait la route à la lumière et faisait des brillances partout qui lui crevaient les yeux.

Sa migraine empirait. La pluie lui pénétrait les os.

Il ne pensait qu'à son corps. Il titubait, gelé.

Sans réfléchir, Papa s'enfonça dans une cour cachée. Il vit une porte rouge. Comme attiré par elle, il tint la poignée dans la main, puis l'attira vers lui.

Un vent de chaud le prit, venant de l'intérieur, avec un peu de musique.

Dedans tout était rouge à cause des néons accrochés au plafond. Papa ne savait pas si la teinte des murs et des nappes sur les tables était naturelle ou si c'était la lumière seule qui plaquait la couleur partout.

Le bar était presque vide.

Une musique de variété tournait en fond, à laquelle s'ajoutaient des voix. Deux femmes parlaient avec une autre femme.

Papa les regardait les yeux moitié fermés. Elles ne l'avaient pas remarqué, absorbées qu'elles étaient par leur discussion.

Devant le comptoir une femme d'origine africaine avec des talons hauts en plastique portait un pull en forme de robe. Celle à côté était blonde, pâle. Elle parlait avec un fort accent. Le velours de sa robe montrait des signes de fatigue.

La troisième femme, derrière le comptoir,

était appuyée dessus de ses deux coudes. Elle avait les cheveux courts. Elle était vieille et fatiguée.

Il faisait chaud. Un manteau de fourrure synthétique se trouvait posé sur le bar.

Des radiateurs apparaissaient près des tables les moins éclairées.

Papa se réfugia près du plus gros, dont il sentait la chaleur incroyable rapport au froid glacé du dehors. Il tenta de s'y fondre en y collant son dos. Bientôt, il s'endormait, assis sur une chaise en bois.

Il sentait la bonne chaleur. Ses mains ne tremblaient plus. Papa rêvait de la soute d'un vaisseau spatial. Il voyait des composants mécaniques sur les murs de celui-ci.

D'un coup, il avait oublié le froid, la solitude.

Papa se sentait mieux grâce au confort inattendu. Il avait si chaud, même, que ses vêtements séchaient à vue d'œil.

De la fumée se dégageait de son pull.

Les trois femmes riaient et parlaient fort.

De la conversation, rêvant à moitié, Papa n'entendait que des bribes. Il se laissait dériver.

« La pluie ça fait un jour sans clients. Moi je dis : c'est un mal pour un bien.

— Et moi je dis : c'est un bien pour un mal. Les clients, ils paient le loyer.

— N'empêche, je m'en passerais bien.

— Tu parles.

— Il y en a un l'autre jour, il m'a demandé de lui péter sur la tête.

— Et alors ?

— J'ai hésité, mais pas longtemps. J'ai pris son argent, je l'ai mis dans ma poche, et j'ai dit d'accord. J'ai attendu que ça vienne, c'est venu, et je lui ai foiré dessus. Plusieurs fois, même. Mais si on me demande encore, je suis pas sûre de bien vouloir. C'était quand même bizarre.

— T'aurais préféré quoi ? Le sucer ?

— J'aurais rien préféré. Je te dis, les clients je m'en passe très bien.

— Moi aussi je voudrais qu'on me laisse tranquille, je voudrais plus de client et je voudrais pas qu'il pleuve. Mais alors il faut rester chez soi. Chez soi, on est tranquille et on meurt de faim en attendant le Père Noël. »

Papa se laissait glisser sur son siège. La discussion continuait dans son rêve.

« Les sucer je veux bien, je m'en fous, même. Ce que j'aime pas, c'est quand ils sont pas normaux, tu sais, qu'ils osent pas te regarder dans les yeux.

— Tu trouves ça plus normal de sucer des bites ?

— C'est toujours plus normal que poser son cul sur le visage d'un type que tu connais pas, et de lui péter dans la bouche. »

Les trois filles s'étaient mises à rire. Papa eut un sursaut.

« Eh ben crois-moi, tu vas en manger du pas normal, et après tu vas prier pour péter sur n'importe qui ou sur n'importe quoi.

— C'est sûr, et tu seras bien contente ! De toute façon on a pas le choix. Et sans parler du pas normal. Les normaux ils ont les maladies, les problèmes. Ils sont jamais vraiment normaux. »

Les femmes parlaient plus fort.

« Les vrais normaux, les normaux normaux, on y a pas droit, alors…

— Ouais, on est pas assez chères.

— Ou les normaux ils viennent pas nous voir, ils ont pas besoin. Ils ont une vraie femme, une qui est normale comme eux. »

Les rires, qui avaient d'abord réveillé Papa, finissaient par le bercer.

« Tu sais, ton petit pet, là, c'est rien du tout. Le pire qu'on m'a demandé, à moi, c'est d'enfoncer un talon entier dans la bite d'un client. Un talon entier, comme une lame, tu vois, comme un couteau très fin dans une saucisse. D'abord je lui ai dit non, "Et puis quoi ?", j'ai fait, mais il m'a suppliée, alors bon. J'ai failli m'enfuir à cause de ses yeux qu'étaient tout brillants, mais là il a sorti les gros billets.

— On est d'accord. Les gros billets.

— C'est sûr, ça pardonne tout.

— Exactement. Il a commencé à les séparer les uns les autres, puis il les a posés sur la table. Je me suis arrêtée, j'ai refermé la porte. J'ai regardé les billets, j'ai compté l'argent et là, je me suis tournée vers lui : "À ce prix-là, j'ai dit, ta bite, je veux bien l'écraser, ou carrément si tu veux, moyennant un petit bonus, je peux même te la faire bouillir." »

Un silence avait suivi. Puis de gros rires stridents. Papa se réveilla de manière brutale.

« Et alors, il a joui ?

— Il a joui bizarre. Mais il était poli, bien arrangé. Alors, bon. Il a payé, il est parti, j'ai lavé mes bottes, et voilà. »

La musique s'arrêta brusquement.

« Qu'est-ce que tu veux après tout ? Il faut bien manger. »

Papa referma les yeux. Il glissait vers l'avant, s'affaissa, fit grincer sa chaise. Enfin, il renversa une table, tentant de s'y rattraper.

Les trois s'étaient tournées vers lui.

« Qu'est-ce que c'est ? » demanda celle de derrière le comptoir.

Papa ne bougeait plus. Il avait les yeux grands ouverts.

« Alors ? »

Il ne dit rien. Le radiateur grésilla pendant de longues secondes, quand la grande femme noire s'avança pour briser le malaise.

« Arrête, tu lui fais peur. »

Elle prit une voix douce en se tournant vers lui.

« Comment tu t'appelles ? »

Papa ne savait quoi répondre. Il se demandait s'il était sur Terre, ou sur Sirius.

« Patrice », il finit par répondre.

« C'est un beau prénom, Patrice. Comment que t'es entré ? »

Il hésitait, cherchait les bons mots.

« J'ai ouvert la porte » il dit finalement, ce qui fit sourire les trois femmes.

« Tu t'es perdu ?

— Un peu. »

Elles voyaient bien que Papa n'était pas méchant, qu'il avait froid et que son nez coulait.

« Vous voyez, c'est rien qu'un petit garçon qui s'est perdu. »

Celle du bar, gênée, cherchait à se racheter.

« Tu veux quelque chose ? Un chocolat ? »

Papa, surpris par tant d'attention, répondit en parlant très bas.

« Merci.

— Il est poli, en plus.

— Regardez-le, il a l'air tout gelé. Il faut qu'il sèche, sinon il va mourir de froid. »

Papa renifla pour appuyer les dires de l'autre.

Dehors, la pluie continuait de battre.

Il avait bu le chocolat d'une traite. Sa chair avait frémi, il s'était brûlé la gorge. Après une minute, il revivait à moitié. Le goût lui avait donné faim. Il n'osait pas réclamer davantage.

Les trois femmes lui posaient mille questions, comme sa mère quand il partait le matin. « Tu as bien tous tes cahiers ? » elle demandait toujours.

La patronne avait proposé d'appeler la police. Papa disait que ça n'en valait pas la peine, il connaissait le chemin, il lui suffisait de le suivre. Il avait simplement pris le train la veille avant d'entrer dans Paris. Son père était mort, il s'était retrouvé tout chose et n'avait pas réfléchi. Il avait dû fuir, voilà tout, mais il pensait bien rentrer au plus vite.

La grande femme noire, celle qui l'avait défendu, avait un petit frère. Papa le lui rappelait, elle jouait les grandes sœurs. Les deux autres continuaient de parler de leur travail.

La pluie avait fini par s'arrêter, seulement la femme noire disait qu'à cause de l'heure, ça n'avait plus de sens d'y retourner. Dehors il faisait trop froid, les clients avaient dû partir. Tout était humide, le sol, l'air, et même les murs et les trottoirs de la ville.

La blonde avait fait des au revoir. La Noire était restée pour lui. Elle continuait de parler avec celle du comptoir. Les deux racontaient leur vie, impliquaient Papa comme elles pouvaient, mais il n'écoutait pas vraiment. Il pensait qu'il allait bientôt retrouver le dehors à cause de son mensonge, et se concentrait sur les gros radiateurs.

Il tombait de sommeil. La gentille femme insistait pour appeler sa mère, mais lui insistait en retour, ce n'était pas la peine, vraiment, il serait rentré même avant qu'elle se réveille et réalise son départ.

S'enfonçant plus loin dans le mensonge, il promit de rentrer dès le premier métro.

Elle s'était occupée de lui jusqu'au bout. À 5 heures, comme le bar fermait, elle insista pour le raccompagner jusqu'au train. Dans le froid d'hiver qui mordait de nouveau, ils avaient attendu 5 h 30 en fumant tous les deux.

« Tu diras pas à ta mère pour la cigarette ? »

Papa essayait de sourire. Il lui promit que non, il ne lui dirait rien.

Elle lui parla seule de son frère à elle. Il ne l'écoutait plus. Il avait trop sommeil et trop froid pour rester concentré.

Elle lui paya son ticket en lui faisant promettre une nouvelle fois de bien rentrer chez lui. Faisant oui de la tête, il avait disparu dans la bouche du métro avant de réapparaître de l'autre côté de la rue, la capuche vissée sur sa tête.

Il décida de garder le ticket gratuit pour plus tard.

Il faisait encore nuit noire tandis que Papa descendait de Pigalle en direction du centre de Paris. Il n'avait plus la force de monter. Ses pieds se laissaient guider.

Il tremblait moins, mais il avait toujours faim. Le goût du chocolat lui restait sur les lèvres et c'était presque pire, comme son ventre était toujours vide.

La faim revint, et la faim repartit. La pluie s'était calmée, mais elle crachait toujours. Les lumières de Noël lui piquaient les yeux. Papa touchait ses manches, humides à nouveau.

Les rues étaient vides. Dans le noir, et sous le crachin, son corps semblait plus petit, écrasé par les grands bâtiments. Papa voyait de plus en plus trouble, deux immeubles au lieu d'un, ce qui faisait deux fois plusieurs millions.

Son front était comme la braise. Il marchait

en louchant, ailleurs, à peine sorti de son demi-sommeil à l'intérieur du bar.

Des voitures de police passaient non loin.

Une idée le traversa, puis des mots en vrac, loi, meurtre, prison. Voyant la lumière rouge et bleu des gyrophares qui s'étendait sur les murs, l'âme de Papa se retrouva scindée. Il s'approcha du bord de la rue, mit là son corps en évidence, cherchant à la fois à se fondre, à rester le plus discret possible.

Papa fixait la voiture de police, déchiré par des envies contradictoires. D'un côté, il refusait d'assumer sa lâcheté et s'empêchait de faire signe. De l'autre, il ne rêvait que d'une chose, que son voyage s'arrête et que les policiers l'emportent enfin.

La voiture le dépassa finalement. Il était déçu et rassuré.

Les gyrophares s'éloignant, il rêvait de sa maison. Il voulait rentrer chez lui mais ne le pouvait pas. Il pensait à sa mère.

Il se trouvait longeant des quais, les mains dans les poches, hagard. Partout autour de lui, les portes étaient fermées, les appartements plongés dans le noir.

Comme un signe soudain, la rue s'était ouverte, écartant les immeubles et la Seine.

Papa eut l'impression que le sol tombait. Il était tant habitué aux constructions très hautes, que d'avoir sa vue libérée lui donna des sensations de vertige.

Siégeant au cœur d'une grand-place, immense et blanche, elle apparut devant lui, à peine éclairée par quelques lampadaires.

Notre-Dame éclatante illuminait la nuit de ses grandes tours taillées dans la pierre blanche. Elle trônait sur le sol de Paris entre deux ponts, un hôpital et la police. Sur sa façade, un triple porche s'ouvrait en trois couples de portes, avec au-dessus d'elles une verrière en rosace surmontée d'angelots.

Partout sur les murs, des bonshommes étaient sculptés dans sa roche et protégés d'un toit. Papa louchait vers cette armée en toge. Il pensait que les gens du futur pouvaient bien s'habiller ainsi car le temps s'était effondré. Demain était hier et l'inverse aussi était vrai.

Les gargouilles étaient trop hautes pour lui, mais il pouvait les imaginer en détail, se replongeant dans les souvenirs de ses cours d'histoire. Dans les livres il les avait observées tendues, penchées, tout comme lui leur peau de pierre collée sur des os d'argile. Leurs yeux vides, sculptés, scrutaient toutes les directions.

Les bêtes avaient, au bout de leurs mains, des griffes tendues. Entourées par la ville moderne, elles régnaient pourtant sur elle.

Il semblait à Papa que d'ici à quelques milliers d'années, quand les deux sondes rencontreraient d'autres soleils, s'il ne devait rester qu'une seule chose de Paris, ce serait ces bêtes-là, figées, princières, grimaçant pour toujours.

Couraient des arcs tout au long du ventre de la cathédrale, des colonnes de soutien et de décoration, avec, en haut des deux tours principales, deux autres tours naines comme des antennes branchées sur les étoiles.

Papa contemplait le parvis allumé, accroupi sur l'esplanade.

Baigné dans l'image du dieu de pierre, il avait oublié la faim.

Son front brûlait sa main. Le bâtiment le gardait sous hypnose. Il se disait que le grand carré blanc de la Défense, qui l'avait tant fasciné, pouvait bien contenir en lui la totalité de ce bel édifice.

Papa reliait le passé au futur, imaginant des châteaux imbriqués dans les soutes de transports pour titans. Notre-Dame devenait un vaisseau qui s'était posé sur Paris il y a mille ans pour envahir la Terre.

Un jour, sans prévenir, il irait décollant du sol rejoindre son poste de commande à l'intérieur dudit carré blanc. Il faudrait emprunter les ascenseurs panoramiques qui permettent d'accéder aux ponts d'embarquement, soit les balcons de la très grande église.

Notre-Dame, en vérité, était plantée à l'envers. Le haut de ses tours était l'avant du vaisseau. En décollant, elle se retournerait.

Oui.

Le soleil se levait sur le parvis, mille feux ardents, des lignes rouges puis orange, électrifiées par les nuages de pollution.

Les camions poubelles passant faisaient crisser leurs souffleries. Papa sortait du rêve. Il regardait autour de lui, touchait le sol de ses mains, sentait le béton poussiéreux.

La Seine était plate.

Il se leva, s'essuya les mains sur son pantalon gris de crasse.

Papa ne reniflait plus, son nez coulait simplement. Le soleil était encore bas dans le ciel, mais il lui faisait déjà mal aux yeux.

Papa se sentait de plus en plus lourd. Il avait envie de voir la mer et s'approcha de la Seine. La regardant, pris d'une transe molle, il fit le tri dans son sac.

Dedans il n'y avait plus que le livre et sa

trousse à moitié vide, enfin quelques papiers tellement humides que ses dessins n'y étaient presque plus visibles. La maigre trousse pesait des tonnes. Le sac aussi. Papa en retira son beau livre, conserva quelques dessins et jeta le sac et la trousse dans le grand fleuve. Il ne garda qu'un stylo qu'il enfonça dans sa poche. Il y trouva le ticket que la femme lui avait donné en lui faisant promettre de rentrer à la maison.

Voyant que les gens commençaient de sortir et d'entrer dans les bouches du métro, il décida sans raison de les imiter, et commença de descendre les marches.

Dans son sommeil il rêvait de Sirius.

Le métro freina violemment. Papa ouvrit les yeux. Il avait tant serré son livre en dormant que sa couverture humide en était déformée.

Sous la lumière néon, il ne savait pas s'il faisait jour ou s'il faisait nuit. Il pensait aux étoiles. Elles lui semblaient de plus en plus distantes. Il avait rêvé loin ; la réalité lui tombait dessus comme une pierre.

Au sortir du rêve, tout lui revint en vrac : les insultes, les coups, Eyob et puis la traque, les chiens, l'errance, Bonhomme, Agabus et Jésus, la fille à la cravate, un tas de choses et de visages.

La fièvre montait toujours. Ses croûtes et ses bleus seuls diminuaient.

Il avait longtemps dormi. Des centaines de corps s'étaient poussés dans la rame à ses côtés. Certains avaient manqué de tomber se prenant les pieds dans les siens, d'autres s'étaient assis se pressant contre lui pour s'asseoir.

Papa, lui, n'avait pas bougé.

La voix automatique du métro avait dit le nom des stations. Le conducteur avait prié les gens tassés de ne pas empêcher la fermeture des portes. Les discussions des passagers, entre eux ou au travers des téléphones, s'étaient succédé sans déranger son sommeil.

Il émergeait à peine et restait assis, voûté, le regard perdu dans les fissures de ses lunettes.

Tous les jours, il devait réveiller son corps.

À mesure, Papa prenait de la distance envers sa peau. Il se voyait avec du recul. Son corps devenait un animal domestique dont la laisse, usée, était tout près de rompre.

Dehors, il se coucha sur un banc. Trop faible pour continuer, il s'endormit de nouveau.

Un bus en passant le réveilla.

Il faisait déjà nuit.

Sa bouche était sèche et son corps détraqué.

Attiré par une lumière jaune, il se figea devant un panneau qui indiquait la température, l'heure et la date du jour. Papa fixait les lumières numériques. Il se souvint que son anniversaire était demain, trois jours avant Noël, et qu'il allait avoir douze ans.

La pensée le rendait tout chose. Combien de jours encore avant de tomber de fatigue, mourir malade ou affamé ? Il avait mal au ventre. Il avait mal aux os. Son dos tirait. Il tremblait comme un vieillard, se voyait mourir seul dans une flaque, les lèvres desséchées.

De penser à sa mort le renforçait pourtant, il en devenait presque immortel.

« Eh ! »

Il sursauta.

« Eh, toi ! »

Papa plissa les yeux pour mieux voir. Une silhouette, noire à cause de la lumière qui allait contre elle, était à l'approche. Un temps, il crut à un mirage, se réveilla d'un coup. Il sentit le vrai danger.

« Eh ! »

Papa avait peur et son corps se tendait. Il commença de s'éloigner du panneau, à reculons.

« Eh ! Toi ! »

La silhouette était de plus en plus proche. Son visage était buriné, sa voix rauque. L'homme s'approchait furieux.

« Eh ! Je te parle ! »

Papa reculait toujours. Il se tourna, marcha plus vite en serrant fort son livre à la manière d'un bouclier. Il avait oublié toutes ses réflexions de vie et de mort. Il voulait vivre.

« Oh ! Ta mère, c'est une salope ! »

Papa se mordait les lèvres en courant. Les bruits de pas se rapprochaient.

« Ouais, ta mère, je la baise ! Tu m'entends ? Je la baise ! Sale pédé ! »

À force de courir, le danger s'éloignait. Il continua de marcher vite.

« Ouais vas-y, cours ! Je vais te baiser ! »

L'autre était déjà loin. Il hurlait plus fort, crachait toute sa bile. Sa voix s'arrachait de sa gorge. Elle volait dans les airs en direction de Papa.

Son cœur battait, il battait. Une autre rue. Il changea de direction, continua de courir.

Les cris mouraient à mesure.

Papa faillit tomber.

Enfin, il n'entendit que le silence. Cramponné au livre, il cracha ce qu'il avait de reste, bavait de la morve et du sang, par le nez, la bouche. Papa n'avait pas couru ainsi depuis le jour du meurtre.

Appuyé sur une voiture à respirer de travers, il vit passer un jeune homme qui n'avait pas vingt ans. Le jeune homme marchait en direction de l'agresseur, deux rues plus loin. Il était grand, maigre, protégé du froid par un long manteau d'hiver. Ses cheveux, bouclés, grimpaient haut sur sa tête. Il portait des lunettes, souriait ivre, de retour d'une soirée, passa devant Papa sans le voir.

Papa voulut le prévenir, lui hurler de s'arrêter là. Sa voix restait coincée dans sa gorge.

Bientôt le jeune homme disparut. Papa se retrouva seul.

Il souffla. Il n'arrivait pas à se dire qu'il était vivant. Son corps lui faisait mal. Son cœur lui faisait mal. Il n'en pouvait plus de lutter. Il avait envie de s'effondrer là.

Il écoutait la pluie.

Il entendit crier. Il resta figé, l'oreille tendue. Un autre cri suivit aussitôt.

Il crut entendre « À l'aide », et d'autres cris. Papa imaginait l'autre qui frappait le jeune homme à coups de poing, de pied, transporté par la rage. Il pouvait le voir enfoncer la tête du jeune dans le sol. Il pouvait le voir tuer, les yeux fous.

Puis tout s'arrêta net.

Papa ne pouvait penser à autre chose. Il gardait en lui l'image du jeune au sol, la tête enfoncée dans le béton, ses lunettes brisées, ses dents brisées répandues dans une flaque, la bouche en sang. Papa se voyait à sa place. Il voyait Eyob à la place de l'autre.

Il voyait le Caïd.

Il voyait sa mère seule en larmes dans sa cuisine grise.

Il méritait d'être puni au lieu du jeune homme qui avait payé pour sa faute. Papa aurait dû lui se trouver la tête écrasée au sol, ses lunettes et ses dents brisées comme Eyob le lui avait promis.

Il se croyait prisonnier d'une boucle et ne voyait pas de sortie. La violence et la faim allaient continuer. À trop marcher seul et sans argent, il augmentait chaque jour les risques.

Il ne savait que choisir, continuer à courir ou ne rien faire. Continuer pour quoi faire ? Éternuer, maigrir, devenir un squelette ?

L'esprit déchaîné, il prit une décision forte. À moins d'un miracle, il baisserait les bras. Il irait s'échouer dans une ruelle pour s'y laisser pourrir.

Papa resta ainsi des heures durant, immobile, debout sous la pluie, perdu dans des pensées sans joie.

« À moins d'un miracle. »

Il ne vit pas le jour arriver.

La couverture de son livre était en lambeaux.

Depuis la nuit passée sa tête partait à la dérive. Son front était de plus en plus chaud. Il frottait ses muscles afin de soulager ses crampes. Il avait trop couru. Il avait trop tenu le livre.

Son nez coulait sans plus finir.

Papa se posa sur le banc d'un Abribus en s'appuyant de sa main. Il revoyait les trois cadavres, celui d'Eyob, celui du jeune homme, et le sien. Il avait oublié son idée de miracle.

Une jeune femme vint s'asseoir à ses côtés, qui lui sourit gentiment.

De longs cheveux coulaient de son bonnet gris. Elle était petite et portait un lourd manteau noir. Ses chaussures étaient plates. Ses jambes étaient maigres. Elle était propre. À ses pieds, un sac à main en cuir et deux sacs papier de marque.

La fille sortit une orange de son sac. Papa ne perdait aucun de ses gestes. Il regardait le fruit rond, une naine rouge. La jeune femme commença de l'éplucher. Le sol était jonché de mégots. Elle rangeait ses épluchures dans un de ses sacs en papier, séparant tous les quartiers d'orange avec délicatesse avant de les manger sans faire le moindre bruit.

Papa en avait oublié le monde alentour. Fasciné, il la regardait faire. Il inspira son parfum avant de fermer les yeux.

Là-bas, plus haut, le ciel s'était ouvert en deux.

Un bus freina brusquement.

Éjecté de son rêve, Papa rouvrit les yeux. Il vit l'engin avaler d'un coup la jeune femme.

Il aurait voulu la tenir dans ses bras, pleurer sur ses épaules.

Il était seul. Encore.

Au bout du cosmos battait un cœur faible, entre les galaxies, tout près d'un fleuve pollué, minuscule entre les poubelles.

La fièvre avait décuplé. Assis sur un trottoir, il n'avait même plus la force de dessiner.

Loin désormais le Caïd. À la place un ventre vide et la pluie froide.

Il imaginait qu'il tenait la Terre dans ses mains. Il soufflait dessus, le front plissé. Son souffle créait des bourrasques. Tombaient les villes, s'effondraient les cités.

« Ah oui. »

Un jour, tout serait détruit comme dans le livre. La pensée le rassurait. Tous ceux qui lui avaient fait du mal, leurs enfants même, iraient disparaître avec la mort du soleil.

Il avait des larmes plein les yeux. Il fallait être très malheureux pour penser à la destruction de tout, y trouver du réconfort. Papa pensait le Mal car personne ne pensait à lui. Même la pensée de sa mère était enfouie, perdue.

Ses dernières forces le quittaient.

Un chat maigre, sale, passa devant lui.

« Bonjour, toi », dit Papa d'une voix faible.

Il tendit une main vers le chat, le caressa. De son autre main il tenait toujours le livre. Il était pénétré par la douceur de la fourrure du petit animal qui miaulait les yeux fermés, ronronnant de plaisir.

Papa se concentrait sur son geste.

Il ne pensait à rien d'autre.

Enfin il se coucha sur le sol poussiéreux et laissa tomber son livre.

Le petit chat dans les bras qui ronronnait contre sa joue, Papa finit par s'effondrer de fatigue, tout près d'une bouche d'égout.

« Maman », il dit en un murmure, avant de fermer les yeux.

« Eh, petit. Petit. Réveille-toi !

— Machin… Oh ! »

Papa ouvrit les yeux sans parler. Devant lui, il ne voyait que des formes, et les formes parlaient.

« Il a l'air mort. »

Une voix de femme.

« Mais non, regarde, il ouvre les yeux. »

Papa, plein de sommeil, regardait autour de lui. Il fuyait les formes floues, cherchait le nid de fourrure contre lequel il s'était endormi. Il trouva son livre échoué, le prit dans ses mains.

« Le petit chat est parti », il dit.

Il parlait si faiblement que nul ne l'entendait.

Une voix d'homme.

« Il est pas mort, il est juste faible. Il faut qu'il mange, c'est tout. Regarde, il est tout maigriche.

— C'est un petit clochard.

— Vrai. T'as vu, il se cramponne à une serviette. »

Une des formes tendit la main vers lui, lui soutira le livre à la couverture imbibée.

Papa ne tenta même pas de résister.

« C'est pas une serviette, c'est un livre. Un livre sur les étoiles. Avec des dessins, regarde, il y a des dessins coincés dans les pages.

— Bah vous voyez, c'est pas un clochard, dit la voix rocailleuse d'homme. C'est un artiste. »

Papa commençait à distinguer de vrais visages au lieu des formes floues. Il découvrait tout un groupe, dont presque chacun des membres avait une coiffure étrange. Certains de leurs cheveux partaient droit vers le ciel à la manière d'un balai-brosse, d'autres s'étendaient en de longues tresses. Une fille avait la moitié du crâne rasée, et sur l'autre moitié une coupe en cascade, déversée sur son épaule penchée.

Le reste avait dans les oreilles des piques et dans le nez des anneaux, des cheveux sales qui semblaient un style, des vêtements rapiécés de couleur. Dans le tas Papa découvrait des tatoués, des peaux sans tatouage, casquettes, têtes chauves, pas moins de douze bizarres en tout, un zoo pas banal.

Il comptait surtout des garçons, plus deux ou trois jolies filles. Quand celui à la voix rocailleuse l'avait invité à les suivre, il avait choisi de se laisser porter.

Papa avait découvert un portail gris, avec derrière un lieu croulant, saturé de graffitis en tout genre : dessins de chats, de fusils, slogans divers. Un sapin tordu s'effondrait dans un coin.

Autour de canapés déchirés, des sculptures de vieux matériaux penchaient en direction du sol ; le genre de constructions en canettes.

Il déambulait là curieux, titubant à moitié.

Les gens lui distribuaient des victuailles qu'il s'enfonçait dans la bouche en regardant les ruines. Papa se croyait rendu au paradis.

« Vous êtes quoi, des clochards ?

— Des clochards ? Non, on est pas des clochards, dit l'homme qui l'avait réveillé. On est des punks. »

« Qu'est-ce que c'est, des punks ?

— C'est des mecs, la règle et les lois, ils se torchent avec, parce qu'ils savent que la règle et les lois, ça sert qu'aux riches, aux lâches et aux enculés.

— Je suis un punk alors.

— Bah voilà, bienvenue. »

L'homme à la voix rocailleuse lui sourit. Il portait une guirlande en guise d'écharpe.

« Je m'appelle Croûte.

— Papa. »

Le garçon faisait face au géant maigre. Tous les deux se serraient la main pour sceller la rencontre.

« Alors, c'est quoi l'histoire ? Tu t'es perdu ? Elle est où ta famille ? »

Papa cherchait ses mots. On lui avait tant posé la question, il ne savait plus quoi répondre.

« On s'en fout, remarque, ici on est qui on est, c'est-à-dire ce qu'on veut. »

Le lieu n'était pas si vaste. Dimension et structure parlant, il partait en tous sens, avec lumière et couleurs variées. Il n'y faisait pas chaud mais du beau monde y était entassé.

Un chien traînait, qui ressemblait au lieu : défraîchi, sale, un peu malade et le poil humide.

« Il s'appelle comment ? dit Papa en désignant la bête.

— Pue la Merde.

— Comment ça, pue la merde ?

— Pue la Merde, comme ça se prononce, y a pas de piège.

— Piège de quoi ?

— C'est pas une métaphore, il pue vraiment la merde.

— Et c'est quoi, ici, ta maison ?

— Non, Papa Schtroumpf, ici c'est pas ma maison. C'est un squat.

— Un squat ?

— Bah ouais. »

Croûte portait un vieux tee-shirt sale avec un symbole emmêlant une croix dans un cercle barré. Sur sa tête était enfoncé un casque de la Seconde Guerre, qui lui donnait des airs de chef. L'insigne SS était gravé sur le côté du casque.

« Et ça, ça veut dire quoi ?

— De quoi ?

— SS ?

— Ça veut dire *Sissy*, dit se moquant l'un des amis de Croûte.

— Sissy ?

— Ouais, ça veut dire tarlouze. »

Les rires avaient fusé, mais Croûte n'y faisait pas attention. Il avait préféré montrer à Papa les trois grandes pièces du squat, le mur porteur qui s'effondrait à moitié, aussi le robinet qui ne marchait plus.

« Voilà. Maintenant t'es rentré, tu fais partie des murs. Tu peux rester ici une heure ou toute ta vie. Mais si tu prends quelque chose, n'importe quoi, à manger, si tu viens voir un concert ou que juste tu nous prends du temps comme là, faut que tu décides de quelque chose à faire. C'est le principe de l'échange, tu vois : tu reçois, tu donnes, tu donnes, tu reçois. »

Papa se mouchait sur son bras en approuvant, toujours à plat mais bizarrement rassuré. Pour trouver l'énergie de parler, il faisait des efforts terribles.

« C'est cool, il dit en manque d'inspiration.

— Bien sûr c'est cool, répondit Croûte. Tout le monde est utile, même si tu sais pas faire grand-chose, passer le balai ou chanter faux, c'est déjà ça, tu trouves ta place. Même si tu sais pas te torcher t'es le bienvenu. C'est le principe. Tous les gens qui puent sur Terre ils ont au moins un endroit pour eux et cet endroit tu viens de le trouver. »

Croûte attendait que Papa lui fasse un commentaire.

« Et ça s'appelle comment ?

— Y a pas de nom. Les étiquettes on s'en fout. »

Croûte le fixait du haut de son casque.

« Alors ?

— De quoi ?

— T'as pensé à ce que tu peux nous apporter ? Donnant donnant ?

— Je sais rien faire.

— Personne sait rien faire. Tu sais passer l'éponge ? Monter sur une échelle ?

— Bah oui.

— C'est l'idée. Y a bien quelque chose que t'aimes ou que tu sais faire. Un truc qui t'excite, c'est encore mieux. J'imagine ça t'excite pas de passer l'éponge ? Ou de monter sur une échelle ?

— Bah non.

— Non, bah voilà. Alors ?

— Bah non, je sais pas.

— J'ai vu ton livre, là, avec tes dessins. T'aimes bien ça, dessiner ?

— Bah oui.

— Tu vois, ça vient, suffit de creuser. Dessiner quoi ?

— Je sais pas, l'espace. Les étoiles, les robots, ce genre-là.

— Ah, t'aimes voyager ? La réalité ça t'emmerde ? Je te comprends, remarque. »

Croûte appuya ses deux bras sur les épaules de Papa, qui morvait toujours. Il avait des petits yeux et se sentait tout faible. Ses lunettes tordues ne ressemblaient plus à rien. Croûte n'y prêtait pas attention.

Le ventre de Papa se mit à gémir.

« T'as encore faim ? »

Il n'osait pas répondre. Ses yeux le faisaient à sa place.

« Si t'as faim, mange. T'es chez toi, je te dis. »

Sans plus attendre, il s'enfonça dans la bouche des fromages jusqu'à l'étouffement.

« Je te le répète : tu veux un truc, tu te sers. En échange, je veux juste que tu fasses un dessin. Mais attention, hein : le plus beau qu'existe. Il faut que tu lâches la bride, que tu nous fasses rêver.

— D'accord », fit Papa reniflant, sans rien comprendre au marchandage.

Parmi les bizarres il y avait Rose, dont Papa ne savait pas si son nom était le sien ou s'il venait de la couleur de ses cheveux. Elle portait une salopette en vieux cuir et des baskets. Ses couettes sortaient d'un chapeau de cow-boy. Rose était petite. Elle souriait toujours.

Maetel, blonde, était habillée tout en noir. Elle ne parlait jamais.

Une armée de bizarres était rassemblée dans le squat. Le groupe enflait à mesure des quarts d'heure.

Papa apprenait à les connaître tous. Entre une saucisse pour continuer de prendre des forces, et quelques crayonnés, il passait du temps avec chacun.

Rose lui avait prêté des beaux feutres.

Dès qu'il se sentait mieux, il reprenait son œuvre.

Il dessinait un vaisseau dont les soutes étaient entièrement rouges. Le dessin n'en montrait pas l'intérieur mais il pouvait se deviner à travers des hublots creusés dans le ventre de l'engin. L'avant ressemblait aux deux tours de Notre-Dame, non pas tournées vers le ciel mais contre lui. Rapport aux tours de l'édifice, celles du vaisseau n'étaient pas statiques. Elles fonçaient.

Sur les côtés, Papa reproduisait des gargouilles de métal qui illustraient des armes lourdes. Le vaisseau se trouvait saturé de gueules béantes.

Traçant les plans du monstre de métal, Papa en imaginait l'équipage qui fusionnait avec les gens croisés dans Paris, depuis la traversée du périphérique jusqu'au squat.

« Il est où ton moteur ?

— Je sais pas, c'est pas un vrai vaisseau, juste un dessin.

— Pas un vrai vaisseau ? »

Croûte avait l'air déçu, presque en colère.

« Je croyais que t'en avais rien à foutre de la réalité ? Comment tu veux que les gens ils se projettent dans ton image si toi-même tu crois pas à ce que tu fabriques ? Tu veux décoller ou quoi ?

— Hein ?

— Me dis pas "hein ?". Dis-moi si tu veux décoller ou non. Alors quoi ? Tu les veux les étoiles ? Me dis pas que la Terre elle te suffit ? Elle te suffit la Terre ?

— Non.

— Bah voilà. Te mets aucune barrière, fonce, petit. »

171

Penché sur son dessin, Papa n'avait de cesse de redresser ses lunettes qui, difformes, glissaient sur son nez.

Il avait localisé le moteur sans le dessiner vraiment, imaginant un endroit pour le stocker, améliorant les soutes afin de ranger le matériel et la nourriture. Les gens du vaisseau, se disait Papa, ne seraient pas démunis comme lui, avec seulement un cartable rempli de choses absurdes, dossiers de cours ou stylos. Ils auraient à disposition des sandwichs, des sodas pour deux générations.

Papa prévoyait les quartiers de sommeil, des petites chambres, parce qu'il n'y avait pas beaucoup de place dans le vaisseau pour dormir. Sauf que les chambres avaient beau être serrées, elles restaient cossues, du genre on pouvait y inviter des dames.

Il insistait sur le design en rêvant des parois de derrière, du visage du pilote, de l'équipage entier. Il dessinait les matières métalliques en renforçant les ombres et les luisances en noir et blanc. Il renforçait les deux tours du vaisseau. Celles-ci faisaient comme des cornes.

À la fin il ne restait plus de place sur la feuille de dessin pour décorer la galaxie alentour. Papa se suffisait de taches de lumières suggérées, qu'il

172

traçait ici et là. Le vaisseau, après tout, primait sur le décor.

Après cinq heures, Rose et les autres lui parlaient comme s'ils l'avaient toujours connu. Ils le présentaient à mesure aux nouveaux venus. Certains lui frottaient les cheveux en passant. Rose, elle, venait lui faire des bisous.

Le ventre rempli, toujours fiévreux mais reposé quand même, Papa avait l'impression d'avoir habité là toujours.

« Bah voilà. Maintenant il y a tout. »

Une main sur son épaule, Croûte le regardait fièrement. Papa commençait à l'apprécier. Il ne comprenait pas la moitié de ce qu'il voulait dire, mais il aimait la moitié de ce qu'il parvenait à comprendre.

« *A spaceship, man, cool* », dit un très grand garçon maigre, accompagné de deux comme lui et d'une fille petite et blonde.

Rose fit les présentations. Les quatre faisaient partie d'un groupe rock.

« *Fucking epic* », dit la chanteuse.

Elle venait d'entrevoir l'œuvre.

« Ils disent quoi ? fit Papa, qui comprenait encore moins l'anglais que le français de Croûte.

— Rien, ils aiment ton machin. »

Papa ne savait quoi répondre. Il dit l'un des seuls mots d'anglais qu'il connaissait.

« Cool.

— *You're cool*, dit un autre des musiciens.

— Ça veut dire que t'es cool, Papa, lui dit Rose avec un bisou.

— O.K. » il dit un peu gêné.

Ça lui plaisait d'être cool, ça lui allait très bien. Et du bisou de Rose, il s'en trouvait tout chose.

« Eux aussi, ils ont l'air cool. Comment on dit merci, en américain ?

— C'est des Brites.

— Des quoi ?

— Des Anglais.

— Comment on dit merci, chez les Brites ?

— Comme en ricain. On dit *thanks*.

— *Thanks*, alors, dit Papa.

— *All right, man. You're welcome.*

— Ça, j'ai compris. Ça veut dire bienvenue, non ?

— Nan, ça veut dire "de rien", dit Rose.

— *How old are you ?*, demanda la chanteuse, tout sourire.

— Elle demande quel âge t'as.

— Onze ans, dit Papa. Enfin douze, depuis cette nuit », mimant de ses mains, deux de cinq doigts, puis une autre de deux. « On est jeudi, c'est ça ?

175

— Absolument, répondit Croûte.

— O.K., bah alors oui, c'est ça, ça fait douze.

— *He's twelve, since tonight*, dit Rose.

— *So*, dit la blonde, *it's your birthday ?*

— *Yes.* »

La petite chanteuse le regarda souriant, et sourit davantage. Sa bouche semblait s'étendre jusqu'à ses oreilles. Elle avait de grands yeux très bleus.

Papa regardait son nez, qui était percé d'un anneau, et ses bras couverts de tatouages.

« *Cool !*, dit-elle finalement. *Let's party, then !* »

Le monde entier n'avait jamais connu une telle orgie de sons. Des larsens avaient jailli d'amplificateurs géants. Les bizarres enragés répondaient hurlant à la provocation.

Papa se trouvait en plein cœur du champ de bataille. Croûte le faisait boire.

« Douze ans, ça se fête ! »

Il allumait des cigarettes à Papa, les lui fourrait dans la bouche. Avec la morve et la fumée, le jeune garçon toussait. Le squat était humide et froid. Papa avait mal au cœur, il avait mal aux poumons. La fièvre et la fumée lui donnaient le vertige. Il se sentait revivre.

Trente corps encastrés se poussaient. Les trois maigres, basse, guitare, batterie, violaient leurs instruments. La chanteuse, le chapeau de Rose vissé sur le crâne, paraissait une géante. Elle braillait comme une voiture qui freine.

Aucune des chansons ne dépassait une minute. Elles n'avaient pas de mélodie, de refrain. Papa se laissait entraîner. Il était projeté d'avant en arrière, poussé sur les côtés. Porté par l'alcool autant que par les corps, il imitait la meute, perdait sa cigarette dans les jambes des punks. Il éternuait sur leurs corps furieux.

« Feeeuuuuuuk Iou ! Feukofe ! Papa criait en imitant les autres.

— Ouais ! Ouais ! hurlait un type à ses côtés, Feukofe ! »

Les spectateurs se frappaient les uns les autres en souriant.

La petite chanteuse avait des yeux fous. Émergeant du ravage, elle levait le poing, le visage baissé, caché sous son chapeau. En réponse, trente bizarres dansant levaient les bras à leur tour.

« *This one is for Papa !* elle hurlait. *It's his birthday ! Today it's his birthday, and he's a fuckin' artist !*

— Elle parle de toi », hurla Croûte à ses côtés.

La salle entière se mit à beugler. Des larsens montaient. La terre allait tremblant. Papa suait à grosses gouttes. La fièvre explosait, il était ivre et malade.

D'un tremblement de basse et de percussions, suivi de cris après larsens, la musique reprit finalement.

Le vaisseau décollait.

Pris dans la marée de corps, il se laissait pousser. Il en perdit ses lunettes. À pieds joints, en rythme et sans même s'en rendre compte, Papa les piétinait avec joie et furie.

Moitié aveugle, il pleurait tout sourire.

Le concert fini, la chanteuse l'avait supplié de lui offrir son dessin, ce qu'il avait accepté en avalant sa fumée de travers.

Papa était devenu la seconde star du spectacle. Le groupe avait posé avec lui pour la photo. Il souriait, moitié malade, louchant à cause de ses lunettes qui n'étaient plus que des branches tordues sans verres. Il les avait ramassées à tâtons et remis sur nez sans même réaliser qu'il n'y voyait plus rien. L'alcool et la fièvre aidant, tout lui était déjà flou.

Il vivait des ellipses, passait d'un endroit l'autre sans se souvenir du voyage. Il racontait sa vie à qui mieux mieux, à celui-ci barbu, à celle-ci cheveux verts, à tatouage I et II qu'il comparait aux sondes. Des gens, il ne voyait que les couleurs.

Croûte le reservait sans cesse. Papa continuait de boire. Il n'avait jamais autant parlé.

Il frissonnait, son front était de plus en plus
chaud, il avait soif d'eau. Le robinet du squat ne
marchait plus depuis que la mairie avait coupé
les canalisations.

Papa ne buvait que de la bière.

Avec la fièvre, ses mains et son corps s'éti-
raient. Le sol semblait de plus en plus lointain. Les basses résonnant des enceintes sales et
trouées accentuaient son vertige.

Le groupe était parti. La population du squat avait pourtant triplé. Les gens riaient, buvaient, Papa titubait au milieu. Après chaque bière, les discussions devenaient plus étranges. Il tomba une fois, se releva, se bouchant les oreilles à cause des sons stridents. Des voisins pointaient le nez à leur fenêtre, balançaient des sceaux d'eau depuis leurs balcons.

Papa plissait les yeux pour mieux voir, en vain. Aucun visage n'avait plus de forme fixe.

Croûte, droit sous son casque, montrait Papa du doigt. Il fendait la foule vers lui d'un air dément, faisait de grands discours sur la vie. Grâce à l'alcool, Papa complétait les vertiges de sa fièvre qui lui faisaient tout voir en double. Parmi les bizarres, il croyait deviner le cadavre d'Eyob. Moitié aveugle, son imagination commençait à remplacer ses yeux.

Il se mit à pleurer.

« Eyob, je suis désolé que t'es mort ! »

Papa se rattrapait aux murs sans plus de consistance. Une paire de Croûte le fixait en louchant. Eux aussi voyaient deux Papa. Maintenant Croûte n'avait plus de bouche ni de visage et Papa prenait peur. Des visions larges lui donnaient des haut-le-cœur. Le squat avait des airs de cathédrale.

« Jésus, je l'ai rencontré, dit Papa en agrippant Croûte. Je lui ai parlé. Il vit dans des cartons. »

L'alcool remplissait d'énergie les réservoirs du vaisseau. Les visages des bizarres, celui de Croûte, se déformaient à mesure. Ils devenaient tous rouges. Les cris et les rires, les insultes des voisins, la musique augmentaient la transe.

Le monde commençait à littéralement se transformer. Papa ne rêvait plus. Au milieu des bizarres, les fondations de Notre-Dame étaient en train de s'arracher du sol.

La grande dame de pierre commençait son ascension, aidée par le groove des basses que crachaient les enceintes.

Papa, flippé, parlait tout seul.

« Je crois que j'ai les yeux qui saignent », il murmurait en panique.

Tout était rouge.

De face, l'édifice avait la forme d'un homme, rouge. Papa, fixant le flou total, cherchait le reste du corps du monstre à la place du visage de Croûte. Il voyait ses yeux comme des arches. Ses portes formaient une bouche, rouge elle aussi.

Le corps était caché sous la terre. Il se révélait à mesure qu'elle tremblait. Les sous-sols de Paris s'effondrant, apparaissaient des épaules de pierre et de métal, un cou, des bras et puis les jambes du vaisseau.

Bientôt le monstre robot marchait sur le squat. Il détruisait les constructions de ses lourdes jambes, faisait trembler le sol vibrant jusqu'au grand carré blanc de la Défense. La cathédrale s'élevait dans les airs.

De nulle part, surgissaient des milliers de petits points ennemis. Ils volaient, lévitaient.

De plus près, la figure des points était reconnaissable. Des milliards de copies d'Eyob et de ses sbires, accrochées au vaisseau lancé, en déchiraient la structure.

Croûte hurlait depuis le sol.

« Redescends ! » il disait.

Le soleil était rouge. Rouges, les pierres de l'édifice s'arrachant une à une. Des météores comme des missiles venaient tuer le sol. Dans les trous noirs créés chutaient les bâtiments de pierre, immeubles et musées, toutes les constructions humaines.

Les bonshommes sculptés dans la roche de l'édifice se détachaient de sa structure avec le choc des bombes. Ils tombaient comme de vrais cadavres d'hommes, se mêlaient aux vrais cadavres d'hommes, finissaient engloutis avec la chair sous le sable et la roche.

Une pluie de cendre suivit. Elle recouvrait les villes, les forêts et les plaines. Le monde, en poussière, fut recouvert de sable. Toute mer, asséchée. L'humanité entière, anéantie.

Enfin.

Papa saignait du nez.

Après l'extase, il pleurait. Il souriait aussi, les yeux pleins de larmes. Son inconscient creusait, ramenait les choses atroces. L'église avait disparu, effondrée par tous les méchants alliés entre eux au nom du Caïd.

Les chiens de combat étaient de retour ! Il ne les avait jamais sentis aussi présents, réels, waf !

« Ta gueule les chiens ! Ta gueule ! »

Croûte essayait de le calmer. Il titubait lui aussi. Il tomba.

Tous les mots, tous les bruits résonnaient, les larsens, les tam-tams.

Rose approchait. Une image chassait l'autre. La musique basse lui rentrait dans le ventre. Du vomi remontait le long de son œsophage.

« Barre-toi, Caïd ! J'ai rien fait ! J'ai pas tué ! J'ai pas voulu ! »

Les larmes faisaient plus de flou encore. Papa voyait une mer de sel à la place du monde.

Devant lui Croûte et Rose s'engueulaient, mais leurs voix se perdaient dans le bruit. Des mots en tunnel de mots formaient des nuages. Les cris des bizarres et leur musique martelaient. Des tam-tams et des guitares, du cri-cri, waf et du waf ! Et encore !

Papa criait, il criait.

Les larmes coulaient sur son visage, la morve sur sa bouche.

« J'ai rien fait ! J'ai rien fait ! Je jure, j'ai pas voulu tuer ! J'ai pas voulu ! »

Des milliards d'atomes se faisaient la guerre dans Papa et à l'extérieur de lui. C'était des cordes entrecroisées : son destin, la biture, tout faisait somme. Il vacillait, tentait de s'accrocher à quelque chose en vain.

Croûte l'encourageait, planté devant lui.

« Vas-y petit, il disait. Vas-y, c'est l'heure de ton triomphe. Fais sortir la bile, enfin tu libères ton âme ! Prépare-toi au grand lavement, tout va s'ouvrir ! »

Rose à côté n'avait plus son beau visage, elle était rouge de colère.

« Barre-toi, sombre con, tu vois pas qu'il est malade ! »

Croûte se défendait.

« Lâche-moi, je m'occupe du petit.

— Trou du cul ! Barre-toi ! Mais barre-toi je te dis ! C'est pas un jouet, tu vas le tuer ! »

Elle faisait barricade, défendait Papa de son corps.

Croûte voulait vomir lui aussi. Il n'avait pas le courage de se défendre contre Rose, qui était pure furie.

« Pscht', elle faisait à Croûte comme à un chat. Casse-toi ! »

Croûte avait fini par se rendre. Il disparut dans la foule des gens ivres.

Rose prenait la température de Papa. Son front lui brûlait la main.

Les murs avaient des formes molles. Les peaux des gens, des formes dures. Les marches du squat étaient remplies d'algues.

« Papa ? Papa ? »

Il voyait trois Rose, qui étaient floues sauf dans sa tête. Celle du milieu ressemblait à sa mère.

« Papa ?

— Maman ? »

Rose forçait un sourire triste.

Le vomi montait. Tout son corps se mettait à rejeter son corps.

« Je veux pas mourir », dit Papa les larmes aux yeux.

Il sentait ses organes lui remonter dans la bouche. La nausée rongeait sa conscience. Il ne pensait qu'au malaise. Il voyait un gouffre béant au milieu des étoiles, c'est-à-dire à l'intérieur de son ventre. Il avait mal aux yeux à force de voir mal. Il sentait la grande fatigue.

« Tu vas pas mourir, tu vas vivre », dit Rose en forçant le sourire.

Elle lui tendit la main qui était douce, ferme et fraîche. Tout autour était brûlant, mou, coagulé. Papa se laissait entraîner vers l'arrière du squat, plus loin entre un mur et un mur qui faisaient un mélange de nuage et de canapé mou.

« Je veux pas mourir, je veux pas mourir, j'ai rien fait ! »

Papa n'avait jamais vomi. L'alcool ! La nausée ! De la vivre, il se croyait mourir.

« Après tout, tant mieux ! » il pensait.

Il pleurait tellement qu'une flaque naissait sur le sol.

Rose le voyait délirer, impuissante. Elle lui tenait la main, le front.

« Ça va aller, Papa, ça va aller. »

Le vomi jaillit d'un coup du fond de son ventre.

Papa sentit la jubilation malade du jet qui sort en tas. Il était penché, appuyé d'une main sur le mur mollasse avec Rose qui lui retenait la tête.

Tout devenait marron. Chassé le rouge, envolé !

« J'entends des sirènes ! il dit avant de revomir. N'importe quoi… »

Il vomissait toujours. Rose le confortait.

« Je les entends aussi, elle disait.

— Elles viennent me chercher, les sirènes, les femmes-poissons. »

Papa vomit de nouveau tout le fromage et la saucisse qu'il s'était enfoncés. Il sentait la peur à l'intérieur du vomi, les souvenirs tristes et les souvenirs joyeux, les insultes de l'école.

Tout partait en force avec la bile.

« T'es une sirène, toi aussi, il dit regardant la jeune femme.

— Non, les sirènes elles sont de la police, moi je suis juste Rose.

— C'est déjà pas mal, fit Papa d'un sourire triste, cerné par le vomi.

— Je trouve aussi.

— Qu'est-ce qui va se passer, maintenant ? »

Rose ne savait pas quoi répondre.

À la place des mots, elle regardait Papa en essayant de lui donner le plus d'amour possible.

Le jour de ses huit ans, le père de Papa qui travaillait sur des bateaux dans une mer lointaine était tombé du haut d'un container. Son cou s'était brisé. L'enterrement avait suivi, le corps rapatrié dans une boîte. Son cou avait été bricolé, remis en place par les gens du funérarium. Son cadavre était blanc, le cou remis s'en trouvait diminué. Du souvenir de géant qu'avait été son père, un homme fort, de peu de mots, Papa avait trouvé un nain, tassé dans un cercueil bon marché.

Un petit groupe s'était retrouvé au cimetière. Ni avant ni plus tard, Papa n'avait vu rassemblés autant de gens de sa famille. Il découvrait des oncles et des tantes, des cousins qu'il ne verrait jamais plus. Certains avaient de beaux vêtements, les femmes de belles robes et les hommes des costumes brillants. C'était son père qu'on enterrait, et sa mère et lui semblaient les plus pauvres du lot. Le costume de Papa était trop grand, lui était trop petit pour son âge.

Après la cérémonie, il s'était retrouvé seul avec sa mère. Les oncles et les cousins avaient rapidement disparu. Seule sa grand-mère était restée pour quelques heures de plus.

« Tu es Papa, le sans-père, lui avait-elle dit. Le maître de toi-même. »

Après quoi elle était partie comme les autres.

À l'époque, Papa n'avait pas compris le sens de ces paroles. Il n'empêche, elles avaient été prononcées.

Au fond de lui, comme résidus, elles résonnaient sans doute.

Les sirènes et les bruits avaient fini par se taire. De même que sa famille l'avait déserté après le jour de l'enterrement, les pantins de son voyage avaient été soulevés dans les airs par des fils invisibles, rendus aux nuages comme s'ils n'avaient jamais existé.

Papa avait fini de faire le tour de lui-même. Il ne le savait pas encore, il n'avait que douze ans, ne comprenait du monde que des parties légères, mais il s'était transformé. S'il ne pouvait l'analyser, au moins, il pouvait le ressentir.

Papa était parti très bas. Il avait fini très haut. Il avait connu la trahison, la tristesse et la faim, la joie, l'ivresse et l'amitié. Il avait dessiné un vaisseau, lu le grand livre de l'espace.

Il avait tenté de s'envoler, en vain. Il était retombé bien vite.

Les policiers n'avaient rien voulu entendre alors qu'il criait. Il ne pouvait laisser derrière lui son beau livre spatial, oublié dans le squat.

Se débattant dans leurs bras, il avait hurlé. Il ne distinguait pas les policiers. Des monstres l'agrippaient.

« Sirius ! » il criait, comme à un ami cher qu'on doit abandonner.

Le tee-shirt tout taché de son vomi, il les avait laissés le prendre de force à l'intérieur de la voiture. Les policiers avaient trouvé ses papiers d'identité. Ils avaient fouillé dans les fichiers, noté la fugue, l'avaient emporté malgré les cris de Rose.

« C'est le petit Gbemba, celui que recherche sa mère. »

Et Rose de crier : « Papa ! Papa ! »

Les policiers s'étaient moqués d'elle. Ils

avaient pensé que, trop ivre, elle confondait Papa avec son propre père.

Avait suivi un échange radio, des voix brouillées en vrac, récits de codes incompréhensibles.

Il était question du squat, et que la fête était finie.

Papa n'avait pu dire au revoir.

Déjà les visages de Rose et de Croûte se dissipaient. À peine il se rappelait le casque de Croûte, les larsens et le vacarme, le chaos des sirènes, les bières brisées au sol fait de mégots, de nourriture trempée.

Fusionné dans la mare, son beau livre oublié avait servi d'éponge.

Les pieds de la foule s'étaient enfoncés dans le sol mou. Les policiers eux dispersaient les bizarres à cause des voisins plaignants.

Dans la voiture, Papa, presque aveugle, avait vu glisser les lumières de la ville. Elles se confondaient en lueurs avec la vitesse. Il avait vu les lumières de Noël, des couleurs partout dans la nuit.

« Le petit Jésus-Christ. »

Les policiers, au cours du trajet, avaient parlé

des fêtes à venir, des cadeaux pour les enfants, de leur famille.

Papa n'avait rien dit. Sa tête à elle seule avait fait le dialogue. Il s'était répété en vrac les jours passés.

À la fin tous les souvenirs étaient emmêlés.

Il avait des restes de nausée, le ventre vide à nouveau. Libéré de ne plus rien voir, il avait imaginé, le cerveau cuit, qu'il était une sonde.

« Ah donc… »

Pendant deux nuits, Papa avait craché de la morve par la bouche, et même un peu de sang.

Sa mère lui acheta de nouvelles lunettes. Le monde en parut plus clair, mais pas plus flamboyant. Pire, il s'en trouvait appauvri.

Il n'avait jamais aimé parler, sinon en compagnie de Croûte et de Rose. La plupart du temps, il pensait que parler c'était faire du bruit, et qu'il valait mieux se taire.

Sa mère ne l'avait pas questionné sur son voyage, simplement elle lui avait demandé quel programme il désirait suivre à la télévision ou s'il avait des envies particulières de repas.

À ces questions précises, il avait su répondre. À travers elles il retrouvait sa mère, reprenait goût au calme du foyer, à ses draps frais, au matelas de son lit et à ses livres rangés.

Papa faisait du tri. Il pliait les feuilles de ses cahiers, rangeait ses stylos.

Noël, enfin, était arrivé. Il avait ouvert ses cadeaux, reçu les beaux crayons dont il avait tant rêvé.

Les beaux crayons, et aussi les belles feuilles.

Aidé par ses lunettes neuves, il traçait des formes précises.

L'école appelait son retour.

Le premier jour qu'il partait pour prendre son bus, sa mère lui avait dit de bien faire attention : la semaine passée, un de ses camarades s'était fait renverser par une voiture sur le chemin.

Le cercle se fermant...

Papa, assis dans l'engin de métal qui roulait vers le lieu maudit, avait cru qu'allaient trembler les murs de lycée, rugir la colère de Dieu et du Diable s'affrontant avec lui au centre. Mais rien n'avait tremblé, et nul n'avait parlé. Un grand silence, au contraire, avait suivi sa fuite et l'accident. Les bouches étaient restées scellées. Eyob s'était brisé les deux jambes en morceaux, et sa tête en cognant avait changé de forme. Il n'était pas, depuis, sorti de son coma.

Ainsi Papa n'était pas tout à fait un tueur. Il

avait détruit l'âme d'Eyob, mais son cœur mou et mauvais continuait de battre un peu.

Les deux vassaux du méchant depuis rasaient les murs. Le tragique avait fait couler du plomb dans l'air de l'école et la rumeur s'était tue le lendemain de son départ.

Des légendes avaient monté concernant le petit chose. Il n'avait plus les épaules baissées, soutenait les regards sans faillir.

Quant au Caïd, il n'existait qu'à demi. Papa avait vu les choses en trop grand.

Eyob était le vrai responsable. Il avait fait un mythe d'un frère imbécile, braqueur d'un bureau de tabac arrêté il y a quelques années avant de purger sa peine en prison. Là-bas, une bagarre l'avait laissé infirme. Dépressif, il vivait dans une ville à dix kilomètres du quartier, passait ses journées devant un poste de télévision. À ses pieds, un vieux chien à qui manquait une patte lui servait de compagne.

L'humanité était une chose étrange et fascinante.

Des hommes et des femmes, en trois jours, Papa en avait croisé foule et tous étaient différents. Il ne savait quoi en conclure. Il en avait vu des lâches et des pleins de courage, de belles femmes et des vieux sacs, des rongés par l'orgueil et d'autres au bel esprit, certains petits, certains grands, des moches en surface qui étaient splendides en vérité, et puis l'inverse aussi, des pourris en dedans qui dehors brillaient d'apparats de toutes sortes.

De Croûte au Caïd en passant par Bonhomme, Agabus et puis Rose, Papa avait vu la galerie tout entière sauf les très riches dans leur château d'argent que personne ne voit jamais ni ne touche : ceux-là restaient inaccessibles. Papa n'avait pu qu'entrevoir des silhouettes, une terrasse réservée, aussi une femme qui portait une cravate.

Lui-même, comme tous les autres, s'était fondu dans la grande exposition urbaine. Petit phénomène de foire, avec ses vêtements trop grands, derrière la vitre, il avait posé mis à nu.

À cause de l'alcool, de la fatigue et de sa crève, Papa ne savait plus ce qu'il avait ou non rêvé, si seulement le squat avait existé pour de vrai. Il s'était promis d'y retourner un jour.

Un an plus tard, profitant d'un voyage à Paris, il avait retrouvé la rue et le portail, mais l'endroit était vide. Des murs mous ne restaient plus que des palissades en dur, chavirantes, un terrain vague dans l'attente d'une construction neuve.

Papa se demandait si la police avait vidé les lieux de force, ou s'il avait lui-même rêvé la fête de son anniversaire, le premier sans sa mère à deux doigts de Noël.

Avec ses beaux stylos, il dessinait la peur des chiens. Il savourait les souvenirs continus, rajoutait des couleurs étranges dont il n'avait été le témoin.

Enfin, le premier voyage était clos.

Papa avait grandi. Il avait continué sa route, clignotant de façon régulière, seul point de lumière presque invisible dans le grand tunnel noir qui relie les galaxies entre elles.

Des années plus tard, il apprendrait que les adultes ont souvent peur de l'infini, qu'ils prennent pour un grand froid. Aux nébuleuses, gouffres cosmiques et vents solaires, ceux-là préfèrent le calme rassurant des lois et la rumeur des voitures.

Papa savait que lui se sentirait toujours plus proche du plus lointain des astres que de tous les hommes qui peuplent la Terre, et que tous les bruits cumulés ne font que le silence.

Composition : Nord Compo
Achevé d'imprimer
par la Nouvelle Imprimerie Laballery à Clamecy
le 25 octobre 2016
Dépôt légal : octobre 2016
Numéro d'imprimeur : 610251

ISBN 978-2-07-269632-9/Imprimé en France.